寂寞
像条大毒蛇

季羡林 | 著

青岛出版社
QINGDAO PUBLISHING HOUSE

图书在版编目(CIP)数据

寂寞像条大毒蛇 / 季羡林著. — 青岛:青岛出版社,2021.9
ISBN 978-7-5552-8919-7

Ⅰ.①寂… Ⅱ.①季… Ⅲ.①散文集—中国—当代 Ⅳ.①I267

中国版本图书馆 CIP 数据核字(2021)第 113848 号

书　　名	寂寞像条大毒蛇
著　　者	季羡林
出版发行	青岛出版社
社　　址	青岛市海尔路 182 号(266061)
本社网址	http://www.qdpub.com
邮购电话	(0532)68068091
策　　划	杨成舜
责任编辑	王　伟
封面设计	瞿中华
照　　排	青岛新华出版照排有限公司
印　　刷	青岛国彩印刷股份有限公司
出版日期	2021 年 9 月第 1 版　2021 年 9 月第 1 次印刷
开　　本	32 开(889 mm×1194 mm)
印　　张	6.75
字　　数	130 千
印　　数	1—6000
书　　号	ISBN 978-7-5552-8919-7
定　　价	49.00 元

编校印装质量、盗版监督服务电话　4006532017　0532-68068050
本书建议陈列类别:名家·散文·畅销

目 录

壹 月是故乡明

003_ 科纳克里的红豆

008_ 加德满都的狗

011_ 神牛

014_ 月是故乡明

017_ 怀念母亲

021_ 元旦思母

023_ 赋得永久的悔

030_ 忆念荷姐

035_ 忆念宁朝秀大叔

043_ 小姐姐

贰 大师已远去

051_ 赵元任先生＊

065_ 回忆陈寅恪先生

077_ 站在胡适之先生墓前

089_ 扫傅斯年先生墓

095_ 吴宓（雨僧）先生

098_ 我记忆中的老舍先生

104_ 回忆梁实秋先生

108_ 悼念沈从文先生

114_ 悼巴老

叁 师恩情难忘

117 _ 忆恩师董秋芳先生

120 _ 忆念胡也频先生

126 _ 西谛先生

135 _ 晚节善终大节不亏
　　——悼念冯友兰（芝生）先生

142 _ 他实现了生命的价值
　　——悼念朱光潜先生

149 _ 回忆王力先生*

156 _ 怀念丁声树同志

158 _ 记张岱年先生

160 _ 悼念邓广铭先生

165 _ 我的朋友臧克家

168 _ 痛悼克家

171 _ 春城忆广田

180 _ 忆老友于道泉*

183 _ 悼念姜椿芳同志

186 _ 悼许国璋先生

192 _ 怀念乔木

200 _ 悼念赵朴老

壹 —— 月是故乡明

科纳克里
的红豆

我一来到科纳克里,立刻就爱上了这个风景如画的城市。谁又能不爱这样一个城市呢?它简直就是大西洋岸边的明珠,非洲土地上的花园。烟波浩渺的大洋从三面把它环抱起来。白天,潋滟的波光引人遐想;夜里,涛声震撼着全城的每一个角落,如万壑松声,如万马奔腾。全城到处都长满了杧果树,浓黑的树影遮蔽着每一条大街和小巷。开着大朵红花的高大的不知名的树木间杂在杧果树中间,鲜红浓绿,相映成趣。在这些树木中间,这里或那里又耸出一棵棵参天的棕榈,尖顶直刺天空。这就更增加了热带风光的感觉。

不久,我就发现,这个城市之所以可爱,不仅仅是因为它那美丽的风光。我没有研究过非洲历史,到非洲来还是第一次。但是,自从我对世界有一点知识的那天起,我就知道,非洲是白人的天下。他们仗着船坚炮利,硬闯了进来。他们走到什么地方,什么地方就布满刀光火影,一片焦土,一片血泊。黑人同粮食、水果、象牙、黄金一起,被他们运走,不知道有多少万人从此流落他乡,几辈子流血流汗,做牛做马。然而白人们还不满足,他们绘影图形,在普天下人民面前,把非洲人描绘成手执毒箭、身刺花纹、半裸体的野人。非洲人民辗转呻吟在水深火热中,几十年,几百年,多么漫长黑暗的夜啊!

然而,天终于亮了。人间换了,天地变了。非洲人民挣断了自己脖子上的枷锁,伸直了腰,再也不必在白人面前低首下心了。我来到科纳克里,看到的是一派意气风发、欣欣向荣的气象。我在大街上遇到各种各样的人,有穿着工作服的工人,有牵着牛的农民,有挎着书包上学的小学生,还有在街旁树下乘凉的老人,在杧果树荫里游戏的儿童,以及身穿宽袍大袖坐在摩托车上飞驰的小伙子。他们的眼神都闪耀着希望的光芒、幸福的光芒。他们一个个精神抖擞。看样子,不管眼前是崎岖的小路,还是阳光大道,他们都要走上去。即使没有路,他们也要用自己的双脚踏出一条路来。

我也曾在那些高大坚固的堡垒里遇到这些人,他们昂首横目控诉当年帝国主义分子所犯下的滔天罪行。他们现在不再是奴隶,而是顶天立地的人,凛然不可侵犯。这种凛然不可侵犯的气概最充分地表现在五一节的游行上。那一天,我们曾被邀请观礼。塞古·杜尔总统,所有的政治局委员和部长都出席。我们坐在杧果树下搭起来的木头台子上,游行者也就踏着这些杧果树的浓荫在我们眼前川流不息地走过去,一走走了三个多小时。估计科纳克里全城的人有一多半都到这里来了。他们有的步行,有的坐在车上,表演着自己的行业:工人在织布、砌砖,农民在耕地、播种,渔民在撒网捕鱼,学生在写字、念书,商人在割肉、称菜,电话员不停地接线、会计员不住地算账。这使我们在短暂的时间里能够看到几内亚人民生活的各个方面。男女小孩脖子上系着红色、黄色或绿色的领巾,这是国旗的颜色,小孩子系上这样的领巾,就仿佛把祖国扛在自己肩上。他们载歌载舞,像一朵朵鲜花,给游行队伍带来了生气,给人们带来了希望。于是广场上、大街上,洋溢着一片欢悦之声,透过杧果树浓密的叶子,直上云霄。

走在队伍最后面的是武装部队,有步兵,也有炮兵,他们携带着各种各样的武器。我觉得,这时大地仿佛在他们脚下震动,海水仿佛停止了呼啸。于是那一片欢悦之声,又罩上了一层严肃威武,透过杧果树浓密的叶子,直上云霄。

中国人民同北非和东非的人民从邈远的古代起就有来往,这在历史上是有记载的。但是,几内亚远在西非,前有水天渺茫的大西洋,后有平沙无垠的撒哈拉,在旧时代,中国人是无法到这里来的。即使到了现代,在十年八年以前,在科纳克里,恐怕也很少看到中国人。但是,我们现在来到这里,却仿佛来到了老朋友的家,没有一点陌生的感觉。我们走在街上,小孩子用中国话高喊:"你好!"卖报的小贩伸出大拇指,大声说:"北京,毛泽东!北京,周恩来!"连马路上值班的交通警察见到汽车里坐的是中国人,也连忙举手致敬。有的女孩子见了我们,有点腼腆,低头一笑,赶快转过身去,嘴里低声说着:"中国人。"我们走到什么地方,什么地方就有和蔼的微笑、温暖的双手。深情厚谊就像环抱科纳克里的大西洋一样,包围着我们,使我们感动。

正在这个时候,我忽然听说,在科纳克里可以找到红豆。中国人对于红豆向来有一种特殊的感情。我们的古人给它们起了一个异常美妙动人的名字——"相思子",只是这一个名字就能勾起人们无限的情思。谁读了王维的"红豆生南国,春来发几枝。愿君多采撷,此物最相思"那一首著名的小诗,脑海里会不浮起一些美丽的联想呢?

一个星期日的傍晚,我们到科纳克里植物园里去捡红豆。在红豆树下,枯黄的叶子中,干瘪的豆荚上,一星星火焰似的鲜红,像撒上了朱砂,像踏碎了珊瑚,闪闪射出诱人的光芒。

正当我们全神贯注地捡红豆的时候,蓦地听到有人搓着拇指和中指在我们耳旁发出了清脆的响声。我们抬头一看:一位穿着黑色西服、身材魁梧的几内亚朋友微笑着站在我们眼前。这个人好面熟,好像在哪里见过。我们脑海里像打了一个闪似的,立刻恍然大悟:他就是塞古·杜尔总统。原来他一个人开着一部车子出来闲逛,来到植物园,看到中国朋友在这里,立刻走下车来,同我们每一个人握手问好。他说了几句简单的话,就又开着车走了。

这难道不算是一场奇遇吗?在这样一个时候,在这样一个地方,竟遇见了中国人民的朋友塞古·杜尔总统。我觉得,手里的红豆仿佛立刻增加了分量,增添了鲜艳。

晚上回到旅馆，又把捡来的红豆拿出来欣赏。在灯光下，一粒粒都像红宝石似的闪闪烁烁。它们似乎更红，更可爱，闪出来的光芒更亮了。刹那间，科纳克里的风物之美、这里人民的心地之美，仿佛都集中到这一颗颗小小的红豆上面来。连大西洋的涛声、杧果树的浓荫，也仿佛都反映到这些小东西上面来。

我愿意把这些红豆带回国去，分赠给朋友们。一颗红豆，就是几内亚人民的一片心。让每一位中国朋友都能分享到几内亚人民对中国人民的情谊，让这种情谊的花朵开遍全中国，而且永远开下去。我自己还想把这些红豆当作永久的纪念。什么时候我怀念几内亚，什么时候我就拿出来看一看。我相信，只要我一看到这红豆，它们立刻就会把我带回科纳克里来。

1964年7月

加德满都
的狗

我小时候住在农村里,终日与狗为伍,一点也没有感觉到狗这种东西有什么稀奇的地方,但是狗却给我留下了极其深刻的印象。我母亲逝世以后,故乡的家中已经空无一人。她养的一条狗——连它的颜色我现在都回忆不清楚了——却仍然日日夜夜卧在我家门口,守着不走。女主人已经离开人世,再没有人喂它了。它好像已经意识到这一点,但是它却宁愿忍饥挨饿,也决不离开我们那破烂的家门口。黄昏时分,我形单影只从村内走回家来,屋子里摆着母亲的棺材,门口卧着这一只失去了主人的狗,泪眼汪汪地望着我这个失去了慈母的孩子,有气无力地摇摆着尾巴,嗅我的脚。茫茫宇宙,好像只剩下这只狗和我。此情此景,我连泪都流不出来了,我流的是血,而这血还是流向我自己心中的。我本来应该同这只狗相依为命,互相安慰。但是,我必须离开故乡,我又无法把它带走。离别时,我流着泪紧紧地搂住了它,我遗弃了它,真正受到良心的谴责。几十年来,我经常想到这一只狗,直到今天,我一想到它,还会不自主地流下眼泪。我相信,我离开家以后,它也决不会离开我们的门口。它的结局我简直不忍想下去了。母亲有灵，会从这一只狗身上得到我这个儿子无法给她的慰藉吧。

从此，我爱天下一切狗。

但是我迁居大城市以后，看到的狗渐渐少起来了。最近多少年以来，北京根本不许养狗，狗简直成了稀有动物，只有到动物园里才能欣赏了。

我万万没有想到，我到了加德满都以后，一下飞机，在机场受到热情友好的接待。汽车一驶离机场，驶入市内，在不算太宽敞的马路两旁就看到了大狗、小狗、黑狗、黄狗，在一群衣履比较随便的小孩子中间，摇尾乞食，低头觅食。

这是一件小事，却使我喜出望外：久未晤面的亲爱的狗竟在万里之外的异域会面了。

狗们大概完全不理解我的心情，它们大概连辨别本国人和外国人的本领还没有学到。我这里一往情深，它们却漠然无动于衷，只是在那里摇尾低头，到处嗅着，想找到点什么东西吃吃。

晚上，我们从中国大使馆回旅馆的时候，天已经完全黑了。加德满都的大街上，电灯不算太多，霓虹灯的数目更少一些。我在阴影中又隐隐约约地看到了大狗、小狗，黑狗、黄狗，在那里到处嗅着。回到旅馆，在沐浴后上床的时候，从远处的黑暗中传来了阵阵的犬吠声。古人说："深巷寒犬，吠声如豹。"我现在听到的不是"吠声如豹"，而是吠声若犬。这事当然并不稀奇。可这并不稀奇的若犬的犬吠声却给我带来了无尽的甜蜜的回忆。这甜蜜的犬吠声一直把我送入我在加德满都过的第一夜的梦中。

1986年11月25日凌晨
于苏尔提宾馆

神牛

我又和我的老朋友神牛在加德满都见面了。这是我意料之中但又似乎有点出乎意料的事情。

过去,我曾在印度的加尔各答和新德里等大城市的街头见到过神牛。三十多年以前我第一次访问印度的时候,在加尔各答那些繁华的大街上第一次见到神牛。在全世界似乎只有信印度教的国家才有这种神奇的富有浪漫色彩的动物。当时它们在加尔各答的闹市中,在车水马龙里面,在汽车喇叭和电车铃声的喧闹中,三五成群,有时候甚至结成几十头上百头的庞大牛群,昂首阔步,威仪俨然,真仿佛天上天下,唯我独尊。它们对人类社会的一切现象,对人类一切的新奇的发明创造,什么电车汽车,又是什么自行车摩托车,全不放在眼中。它们对人类的一切显贵,什么公子、王孙,什么体操名将、电影明星,什么学者、专家,全不放在眼中。它们对人类创造的一切法律、法规,全不放在眼中。它们是绝对自由的:愿意到什么地方去,就到什么地方去;愿意在什么地方卧倒,就在什么地方卧倒。加尔各答是印度最大的城市,大街上车辆之多,行人之多,令人目瞪口呆。从公元前就有的马车和牛车,直至最新式的流线型的汽车,再加上涂饰华美的三轮摩托车、有上下两层的电车，无不具备。车声、人声、马声、牛声，混搅成一团，喧声直抵印度神话中的"三十三天"。在这种情况下，几头神牛，有时候竟然兴致一来，卧在电车轨道上，"我困欲眠君且去"，闭上眼睛，睡起大觉来。于是汽车转弯，小车让路，电车脱离不了轨道，只好停驶。没有哪一个人敢去驱赶这些神牛。

对像我这样的外国人来说，这种情景实在是匪夷所思，实在是非常有趣。我很想研究一下神牛的心理，但是从它们那些善良温顺的大眼睛里我什么也看不出，猜不出。它们也许觉得，人类真是奇妙的玩意儿，他们竟然聚居在这样大的城市里，还搞出了这样多不用马拉牛拖就会自己跑的玩意儿。这些神牛也许会想到，人这种动物反正都害怕我们，没有哪一个人敢动我们一根毫毛，我们索性就愿意怎样干就怎样干吧。

但是，据我观察，它们的日子也并不怎么好过。不仅没有人穿它们的鼻子，用绳子牵着它们走，稍有违抗，则给上一鞭，而且也没有人按时给它们喂食喂水。它们只好到处游荡，自己谋食。看它们那种瘦骨嶙峋的样子，大概营养也并不好。而且它们虽然被认为是神牛，但并没有长生不老之道，它们的死亡率并不低。当我隔了二十年第二次访问加尔各答的时候，在同一条大街上，我已经看不到当年那种十几头上百头牛在一起游行的庞大的阵容了，只剩下零零落落的几头老牛徘徊在那里，寥若晨星，神牛的家族已经很不振了。看到这情景，我倒颇有一些寂寞苍凉之感。

我似乎不曾想到，隔了又将近十年，我来到尼泊尔，又在加德满都街头看到了久违的神牛。我在上面曾说到，这次重逢是意料之中的，因为尼泊尔同印度一样是信奉印度教的国家。我又说有点出乎意料，不曾想到，是因为尼泊尔毕竟不是印度。不管怎么样，我反正在加德满都又同神牛会面了。

在这里，神牛的神气同在印度时几乎一模一样，虽然数目相差悬殊。在大马路上，我只见到了几头。其中有一头，同它的印度同事一样，走着走着，忽然卧倒，傲然地躺在马路中间，摇着尾巴，扑打飞来的苍蝇，对身旁驶过的车辆，连瞅都不瞅。不管是什么样的车辆，都只能绕它而行，绝没有哪一个人敢去惊扰它。隔了几天，我又在加德满都郊区看见了几头，它们在青草地上悠然漫步。它们是不是有"食草绿树下，悠然见雪山"的雅兴呢？我不敢说。可是看到它那种悠闲自在的神态，真正羡慕煞人，它真像是活神仙。尼泊尔是半热带国家，终年不缺青草，这就为神牛的生活提供了保证。

神牛们有福了！

我祝愿神牛们能够这样优哉游哉地活下去。

1986年11月27日凌晨
时窗外浓雾中咕咕的鸽声入耳

月是
故乡明

　　每个人都有个故乡，人人的故乡都有个月亮，人人都爱自己故乡的月亮。事情大概就是这个样子。

　　但是，如果只有孤零零一个月亮，未免显得有点孤单。因此，在中国古代诗文中，月亮总有什么东西当陪衬，最多的是山和水，什么"山高月小""三潭印月"等等，不可胜数。

　　我的故乡在山东西北部大平原上。我小时候从来没有见过山，也不知山为何物。我曾幻想，山大概是一个圆而粗的柱子吧，顶天立地，好不威风。以后到了济南，才见到山，恍然大悟：山原来是这个样子呀。因此，我在故乡里望月，从来不同山联系。像苏东坡说的"月出于东山之上，徘徊于斗牛之间"，完全是我无法想象的。

　　至于水，我的故乡小村却大大地有。几个大苇坑占了小村面积一多半。在我这个小孩子眼中，虽不能像洞庭湖"八月湖水平"那样有气派，但也颇有一点烟波浩渺之势。到夏天黄昏以后，我躺在坑边场院的地上，数天上的星星。有时候在古柳下面点起篝火，然后上树一摇，成群的知了飞落下来，比白天用嚼烂的麦粒去粘要容易得多。我天天晚上乐此不疲，天天盼望黄昏早早来临。

到了更晚的时候，我走到坑边，抬头看到晴空一轮明月，清光四溢，与水里的那个月亮相映成趣。我当时虽然还不懂什么叫诗兴，但也顾而乐之，心中油然有什么东西在萌动。有时候在坑边玩很久，才回家睡觉。在梦中见到两个月亮叠在一起，清光更加晶莹澄澈。第二天一早起来，到坑边苇子丛里去捡鸭子下的蛋。白光一闪，手伸向水中，一摸就是一个蛋。此时更是乐不可支了。

我只在故乡待了六年，以后就离乡背井，漂泊天涯。在济南住了十多年，在北京度过四年，又回到济南待了一年，然后在欧洲住了近十一年，又回到北平，到现在已经四十多年了。在这期间，我曾到过世界上将近三十个国家，看过许许多多的月亮。在风光旖旎的瑞士日内瓦湖上，在平沙无垠的非洲大沙漠中，在碧波万顷的大海中，在巍峨雄奇的高山上，我都看到过月亮，这些月亮应该说都是美妙绝伦的，我都异常喜欢。但是，看到它们，我立刻就想到我故乡中那个苇坑上面和水中的那个小月亮。对比之下，无论如何我也会感到，这些广阔世界的大月亮，万万比不上我那心爱的小月亮。不管我离开故乡多少万里，我的心立刻就飞回了。我的小月亮，我永远忘不掉你！

我现在年近耄耋。住的朗润园是燕园胜地。此地有茂林修竹，绿水环流，还有几座土山点缀其间，风光无疑是绝妙的。前几年，我从庐山休养回来，一个同在庐山休养的老朋友来看我。他看到这样的风光，慨然说："你住在这样的好地方，还到庐山去干吗呢！"可见朗润园给人印象之深。此地既然有山，有水，有树，有竹，有花，有鸟，每逢望夜，一轮明月当空，月光闪耀于碧波之上，上下空蒙，一碧数顷，而且荷香远溢，宿鸟幽鸣，真不能不说是赏月胜地。荷塘月色的奇景，就在我的窗外。不管是谁来到这里，难道还能不顾而乐之吗？

然而，每值这样的良辰美景，我想到的却仍然是故乡苇坑里的那个平凡的小月亮。见月思乡，已经成为我经常的举动。思乡之病，说不上是苦是乐，其中有追忆，有惆怅，有留恋，有惋惜。流光如逝，时不再来。在微苦中实有甜美在。月是故乡明。我什么时候能够再看到我故乡里的月亮呀！我怅望南天，心飞向故里。

1989 年 11 月 3 日

怀念母亲

我一生有两个母亲:一个是生我的那个母亲,一个是我的祖国母亲。我对这两个母亲怀着同样崇高的敬意和同样真挚的爱慕。

我六岁离开我的生母,到城里去住。中间曾回故乡两次,都是奔丧,只在母亲身边待了几天,仍然回到城里。最后一别八年,在我读大学二年级的时候,母亲弃养,只活了四十多岁。我痛哭了几天,食不下咽,寝不安席。我真想随母亲于地下。我的愿望没能实现。从此我就成了没有母亲的孤儿。一个缺少母爱的孩子,是灵魂不全的人。我怀着不全的灵魂,抱终天之恨。一想到母亲,就泪流不止,数十年如一日。如今到了德国,来到哥廷根这一座孤寂的小城,不知道是为什么,母亲频来入梦。

我的祖国母亲,我这是第一次离开她。离开的时间只有短短几个月,不知道是为什么,我这个母亲也频来入梦。

为了保存当时真实的感情,避免用今天的感情篡改当时的感情,我现在不加叙述,不做描绘,只从初到哥廷根的日记中摘抄几段:

1935年11月16日

不久外面就黑起来了。我觉得这黄昏的时候最有意思。我不开灯,只沉默地站在窗前,看暗夜渐渐织上天空,织上对面的屋顶。一切都沉在朦胧的薄暗中。我的心往往在沉静到不能再沉静的氛围里,活动起来。这活动是轻微的,我简直不知道有这样的活动。我想到故乡、故乡里的老朋友,心里有点酸酸的,有点凄凉。然而这凄凉却并不同普通的凄凉一样,是甜蜜的、浓浓的,有说不出的味道,浓浓地糊在心头。

11月18日

从好几天以前,房东太太就向我说,她的儿子今天回家来,从学校回家来。她高兴得不得了……但儿子只是不来,她的神色有点沮丧。她又说,晚上还有一趟车,说不定他会来的。我看了她的神气,想到自己的在故乡地下卧着的母亲,我真想哭。我现在才知道,古今中外的母亲都是一样的!

11月20日

我现在还真是想家,想故国,想故国里的朋友。我有时简直想得不能忍耐。

11月28日

我仰在沙发上,听风声在窗外过路。风里夹着雨。天色阴得如黑夜。心里思潮起伏,又想起故国了。

12月6日

近几天来,心情安定多了。以前我真觉得两年太长,同时,在这里无论衣食住行哪一方面都感到不舒服,所以这两年简直似乎无论如何也忍受不下来了。

从初到哥廷根的日记里,我暂时引用这几段。实际上,类似的地方还有不少,从这几段中也可见一斑了。总之,我不想在国外待。一想到我的母亲和祖国母亲,就心潮腾涌,惶惶不可终日,留在国外的念头连影儿都没有。几个月以后,在1936年7月11日,我写了一篇散文,题目叫《寻梦》,开头一段是:

夜里梦到母亲,我哭着醒来。醒来再想捉住这梦的时候,梦却早不知道飞到什么地方去了。

然后是描绘在梦里见到母亲的情景。最后一段是:

天哪!连一个清清楚楚的梦都不给我吗?我怅望灰天,在泪光里,幻出母亲的面影。

我在国内的时候,只怀念,也只有可能怀念一个母亲。现在到国外来了,在我的怀念中就增添了一个祖国母亲。这种怀念在初到哥廷根的时候异常强烈,以后也没有断过。对这两位母亲的怀念一直伴随着我度过了在德国的十年,在欧洲的十一年。

元旦
思母

又一个新的元旦来到了我的眼前。这样的元旦,我已经过了九十几个。要说我对它没有新的感觉,不是恰如其分吗?

但是,古人诗说:"每逢佳节倍思亲。"当前的元旦,是佳节中最佳的节。"天增岁月人增寿,春满乾坤福满门。"还能有比这更有意义的事情吗?还能有比这更佳的佳节吗?我是一个富有感情的人,感情超过需要的人,我焉得而不思亲乎?

思亲首先就是思母亲。

母亲逝世已经超过半个多世纪了。我怀念她的次数却是越来越多,灵魂的震荡越来越厉害。我实在忍受不了,真想追母亲于地下了。

不知是出于什么原因,最近几年以来,我每次想到母亲,眼前总浮现出一张山水画:低低的一片山丘,上面修建了一座亭子,周围植绿竹十余竿、幼树十几株,地上有青草。按道理,这样一幅画的底色应该是微绿加微黄,宛然一幅元人倪云林的小画。然而我眼前的这幅画整幅显出了淡红色,这样一个地方,在宇宙间是找不到的。可是,我每次一想母亲,这幅画便飘然出现,到现在已经出现过许多许多次,从来没有一点改变。胡为而来哉!恐怕永远也不会找到答案的。也或许是说,在这一幅小画上的我的母亲,在这一元复始,万象更新之际,让这一幅小画告诫我:永远不要停顿,要永远向前,千万不能满足于当前自己已经获得的这一点小小的成就,要前进,再前进,永不停息。

2006年1月3日

赋得
永久的悔

题目是韩小蕙小姐出的,所以名之曰"赋得"。但文章是我心甘情愿作的,所以不是八股。

我为什么心甘情愿作这样一篇文章呢?一言以蔽之,题目出得好,不但实获我心,而且先获我心:我早就想写这样一篇东西了。

我已经到了望九之年。在过去的七八十年中,从乡下到城里,从国内到国外,从小学、中学、大学到研究院,从"志于学"到超过"从心所欲不逾矩",曲曲折折,坎坎坷坷。既走过阳关大道,也走过独木小桥;既经过"山重水复疑无路",又看到"柳暗花明又一村"。喜悦与忧伤并驾,失望与希望齐飞,我的经历可谓多矣。要讲后悔之事,那是俯拾皆是。要选其中最深切、最真实、最难忘的悔,也就是永久的悔,那也是唾手可得,因为它片刻也没有离开过我的心。

我这永久的悔就是:不该离开故乡,离开母亲。

我出生在鲁西北一个极端贫困的村庄里。我们家是贫中之贫,真可以说是贫无立锥之地。十年浩劫中,我自己跳出来反对北大那一位倒行逆施但又炙手可热的"老佛爷",被她视为眼中钉，必欲除之而后快。她手下的小喽啰们曾两次窜到我的故乡，处心积虑把我"打"成地主，他们那种狗仗人势穷凶极恶的教师爷架子，并没有能吓倒我的乡亲。我小时候的一位伙伴指着他们的鼻子，大声说："如果让整个官庄来诉苦的话，季羡林家是第一家！"

这一句话并没有夸大，他说的是实情。我祖父母早亡，留下了我父亲等三个兄弟，孤苦伶仃，无依无靠。最小的一叔送了人。我父亲和九叔饿得没有办法，只好到别人家的枣林里去捡落到地上的干枣充饥。这当然不是长久之计。最后兄弟俩被逼背井离乡，盲流到济南去谋生，此时他俩也不过十几二十岁。在举目无亲的大城市里，必然是经过千辛万苦，九叔在济南落住了脚，于是我父亲就回到了故乡，说是农民，但又无田可耕。又必然是经过千辛万苦，九叔从济南有时寄点钱回家，父亲赖以生活。不知怎么一来，竟然寻上了媳妇，她就是我的母亲。母亲的娘家姓赵，门当户对，她家穷得同我们家差不多，否则也绝不会结亲。她家里饭都吃不上，哪里有钱、有闲上学，所以我母亲一个字也不识，活了一辈子，连个名字都没有。她家是在另一个庄上，离我们庄五里路。这个五里路就是我母亲毕生所走过的最长的距离。

后来我听说，我们家确实也"阔"过一阵。大概在清末民初，九叔在东三省用口袋里剩下的最后五角钱，买了十分之一的湖北水灾奖券，中了奖。兄弟俩商量，要"富贵而归故乡"，回家扬一下眉，吐一下气。于是把钱运回家，九叔仍然留在城里，乡里的事由父亲一手张罗，他用荒唐离奇的价钱，买了砖瓦，盖了房子。又用荒唐离奇的价钱，置了一块带一口水井的田地。一时兴会淋漓，真正扬眉吐气了。可惜好景不长，我父亲又用荒唐离奇的方式，仿佛宋江一样，豁达大度，招待四方朋友。转瞬间，盖成的瓦房又拆了卖砖，卖瓦，有水井的田地也改变了主人。全家又回归到原来的情况。我就是在这个时候，在这样的情况下降生到人间来的。

母亲当然亲身经历了这个巨大的变化。可惜，当我同母亲住在一起的时候，我只有几岁，她告诉我，我也不懂。所以，我们家这一次陡然上升，又陡然下降，只像是昙花一现，我到现在也不完全明白。这个谜恐怕要成为永恒的谜了。

不管怎样，我们家又恢复到从前那种穷困的情况。后来听人说，我们家那时只有半亩多地。这半亩多地是怎么来的，我也不清楚。一家三口人就靠这半亩多地生活。城里的九叔当然还会给点接济，然而像中湖北水灾奖那样的事儿，一辈子有一次也不算少了。九叔没有多少钱接济他的哥哥了。

家里日子是怎样过的，我年龄太小，说不清楚。反正吃得极坏，这个我是懂得的。按照当时的标准，吃"白的"（指麦子面）最高，其次是吃小米面或棒子面饼子，最次是吃红高粱饼子，颜色是红的，像猪肝一样。"白的"与我们家无缘，"黄的"（小米面或棒子面饼子颜色都是黄的）与我们缘分也不大，终日为伍者只有"红的"。这"红的"又苦又涩，真是难以下咽。但不吃又害饿，我真有点谈"红"

色变了。

但是,小孩子也有小孩子的办法。我祖父的堂兄是一个举人,他的夫人我喊她奶奶。他们这一支是有钱有地的,虽然举人死了,但家境依然很好。我这一位大奶奶仍然健在。她的亲孙子早亡,所以把全部的钟爱都倾注到我身上来。她是整个官庄能够吃"白的"的仅有的几个人中之一。她不但自己吃,而且每天都给我留出半个或者四分之一个白面馍馍来。我每天早晨一睁眼,立即跳下炕来向村里跑,我们家住在村外。我跑到大奶奶跟前,清脆甜美地喊上一声:"奶奶!"她立即笑得合不上嘴,把手缩回到肥大的袖子,从口袋里掏出一小块馍馍,递给我,这是我一天最幸福的时刻。

此外,我也偶尔能够吃一点"白的",这是我自己用劳动换来的。一到夏天麦收季节,我们家根本没有什么麦子可收。对门住的宁家大婶子和大姑——她们家也穷得够呛——就带我到本村或外村富人的地里去"拾麦子"。所谓"拾麦子"就是别家的长工割过麦了,总还会剩下那么一点点麦穗,这些都是不值得一捡的,我们这些穷人就来"拾"。因为剩下的绝不会多,我们拾上半天,也不过拾半篮子,然而对我们来说,这已经是如获至宝了。一定是大婶和大姑对我特别照顾,以一个四五岁、五六岁的孩子,拾上一个夏天,也能拾上十斤八斤麦粒。这些都是母亲亲手搓出来的。为了对我加以奖励,麦季过后,母亲便把麦子磨成面,蒸成馍馍,或贴成白面饼子,让我解馋。我于是就大快朵颐了。

记得有一年，我拾麦子的成绩也许是有点"超常"。到了中秋节——农民嘴里叫"八月十五"——母亲不知从哪里弄了点月饼，给我掰了一块，我就蹲在一块石头旁边，大吃起来。在当时，对我来说，月饼可真是神奇的东西，龙肝凤髓也难以比得上，我难得吃一次。我当时并没有注意，母亲是否也在吃。现在回想起来，她根本一口也没有吃。不但是月饼，连其他"白的"，母亲从来都没有尝过，都留给我吃了。她大概是毕生就与红色的高粱饼子为伍。到了歉年，连这个也吃不上，那就只有吃野菜了。

至于肉类，吃的回忆似乎是一片空白。我老娘家隔壁是一家卖煮牛肉的作坊。给农民劳苦耕耘了一辈子的老黄牛，到了老年，耕不动了，几个农民便以极其低的价钱买来，用极其野蛮的办法杀死，把肉煮烂，然后卖掉。老牛肉难煮，实在没有办法，农民就在肉锅里小便一通，这样肉就好烂了。农民心肠好，有了这种情况，就昭告四邻："今天的肉你们别买！"老娘家穷，即便极其疼爱我这个外孙，也只能用土罐子，花几个制钱，装一罐子牛肉汤，聊胜于无。记得有一次，罐子里多了一块牛肚子，这就成了我的专利。我舍不得一下吃掉，就用生了锈的小铁刀，一块一块地割着吃，慢慢地吃。这一块牛肚真可以同月饼媲美了。

"白的"、月饼和牛肚难得，"黄的"怎样呢？"黄的"也同样难得。但是，尽管我只有几岁，我却也想出了办法。到了春、夏、秋三个季节，庄外的草和庄稼都长起来了，我就到庄外去割草，或者到人家高粱地里去劈高粱叶。劈高粱叶，田主不但不禁止，而且还欢迎：因为叶子一劈，通风情况就能改进，高粱长得就能更好，粮食打得就能更多。草和高粱叶都是喂牛用的。我们家穷，从来没有养过牛。我二大爷家是有地的，经常养着两头大牛。我这草和高粱叶就是给它们准备的。每当我这个不到三块豆腐高的孩子背着一大捆草或高粱叶走进二大爷家的大门，我心里有所恃而不恐，把草放在牛圈里，赖着不走，总能蹭上一顿"黄的"吃，不会被二大娘"卷"（我们那里的土话，意思是"骂"）出来。到了过年的时候，自己心里觉得，在过去的一年里，自己喂牛立了功，又有了勇气到二大爷家里赖着吃黄面糕。黄面糕是用黄米面加上枣蒸成的。颜色虽黄，却位列"白的"之上，因为一年只在过年时吃一次，物以稀为贵，于是黄面糕就贵了起来。

我上面讲的全是吃的东西。为什么一讲到母亲就讲起吃的东西来了呢？原因并不复杂：第一，我作为一个孩子容易关心吃的东西；第二，所有我在上面提到的好吃的东西，几乎都与母亲无缘。除了"黄的"以外，其余她都不沾边儿。我在她身边只待到六岁，以后两次奔丧回家，待的时间也很短。现在我回忆起来，连母亲的面影都是迷离模糊的，没有一个清晰的轮廓。特别有一点，让我难解而又易解：我无论如何也回忆不起母亲的笑容来，她好像是一辈子都没有笑过。家境贫困，儿子远离，她受尽了苦难，笑容从何而来呢？有一次我回家听对面的宁大婶子告诉我说:"你娘经常说'早知道送出去回不来,我无论如何也不会放他走的!'。"简短的一句话里面含着多少辛酸,多少悲伤啊!母亲不知有多少日夜,眼望远方,盼望自己的儿子回来啊!然而这个儿子却始终没有归去,一直到母亲离开这个世界。

  对于这个情况,我最初懵懵懂懂,理解得并不深刻。到了上高中的时候,自己大了几岁,逐渐理解了。但是自己寄人篱下,经济不能独立,空有雄心壮志,怎奈无法实现,我暗暗地下定了决心,立下了誓愿:一旦大学毕业,自己找到工作,立即迎养母亲。然而没有等到我大学毕业,母亲就离开我走了,永远永远地走了。古人说:"树欲静而风不止,子欲养而亲不待。"这话正应到我身上。我不忍想象母亲临终思念爱子的情况,一想到,我就会心肝俱裂,眼泪盈眶。当我从北平赶回济南,又从济南赶回清平奔丧的时候,看到了母亲的棺材,看到那简陋的屋子,我真想一头撞死在棺材上,随母亲于地下。我后悔,我真后悔,我千不该万不该离开了母亲。世界上无论什么名誉,什么地位,什么幸福,什么尊荣,都比不上待在母亲身边,即使她一个字也不识,即使整天吃"红的"。

  这就是我的"永久的悔"。

1994 年 3 月 5 日

忆念
荷姐

如果统领宇宙的造物主愿意展示他那宏大无比的法力的话，愿他让我那在济南的荷姐仍然活着，她只比我大两岁。

最近一个时期以来，经常想到荷姐。一转眼，她的面影就在我眼前晃动，莞尔而笑。在仪态上，她虽然比不了自己的胞姐小姐姐的花容月貌，但是光艳动人她还是当之无愧的。

话头一开，就要回到七八十年前去。当时我们家同荷姐家同住一个大院，她住后院，我们住前院。我当时是一个十七八岁的毛头小伙子，语不惊人，貌不逮众，寄人篱下，宛如一只小癞蛤蟆，没有几个人愿意同我交谈的。只有两个人算是例外，一个是小姐姐，一个就是荷姐。这一件事我永远不会忘记。

到了1929年，我十八岁了。叔父母为了传宗接代，忙活着给我找个媳妇。谈到媳妇，我有我的选择。我的第一选择对象就是荷姐。她是一个难得的好媳妇：漂亮、聪明、伶俐、温柔。但是，西湖月老祠对联的原一联是：是前生注定事莫错过姻缘。我同荷姐的事情大概是前生没有注定，终于错过了姻缘。

1935年，我以交换研究生的名义赴德国留学。时间原定只有两年。但是，1937年，日寇发动了全面对华侵略战争，我无法回国。

1939年，第二次世界大战爆发，我有国难归，一住就是十年。幸蒙哈隆教授（Gustav Haloun）垂青，任命我为汉学讲师，避免成为饿殍。我是一个闲不住的人。我借这个机会，学习了梵文、巴利文、吐火罗文，于1941年获得哲学博士学位。主系是印度学，两个副系：一个是斯拉夫语言学，一个是英国语言学。博士拿到手，我仍然毫不懈怠，开电灯以继晷，恒兀兀以穷年，结果写成了几篇论文，颇有一些新见解、新发现。论文都是用德文写成的，其中一篇讲语尾变为u或o的问题，是一篇颇有意义的文章。Sieg教授一看，大为欣赏，立即送哥廷根科学院院刊发表。一个外国青年学者在科学院院刊上发表文章，是一件非同小可的事情。

1945年秋天，我离开了德国到瑞士去。在那里参加了庆祝国庆的盛会。对中国（那时是国民政府时期）外交官有了初步的感性认识。

1946年，我离开瑞士，乘运载法国兵的英国巨轮，到了越南西贡，在那里住了几个月。又乘轮出发，经香港到了上海。出国十年，现在一旦回到祖国母亲的怀抱里，心中激动万分，很想跪下亲吻土地。但是，一想到国内官僚正在乘日寇高官撤走，国内大汉奸纷纷被镇压之际大耍五子登科的把戏，我立即气馁，心虚，不想采取什么行动了。

这一年的夏天,我一半住在上海,一半住在南京。在上海,晚上就睡在克家的榻榻米上。在南京,晚上就睡在长之在编译馆的办公桌上。实际上过着流浪的生活。心情极不稳定,切盼自己有朝一日能有自己的一间小房。

这年秋天,我从上海乘轮船到达秦皇岛。下船登车,直抵北京。当时烽火遍地。这一段铁路由美国兵把守,能得畅通。我离故都已经十年。这一次老友重逢,丝毫没有欢欣鼓舞的感觉。正相反,节令正值深秋,秋水吹昆明(湖),落叶满长安(街),一片荒寒肃杀之气。古文"悲哉,秋之为气也",恰能表达我的心情于万一。

我被安排到五四时期名建筑红楼上去住。红楼早已过了自己辉煌的童年、青年和壮年,现在已经是一位耄耋老翁了。它当然是一个无生命的东西。然而,在我的心目中,它却是活的东西。静心观万物,冷眼看世界,积累了大量的智慧和见识,我住在里面,仿佛都能享受一份,甚可乐也。

可是,还有另外一方面的情况。此时,四层大楼一百多间房子,只住着包括我在内的四五个人。走廊上路灯昏黄,电灯只开了几盏。楼下地下室在日寇占领期间是日本宪兵队刑讯中国革命者的地方,也是他们杀人的地方。据说,到现在还能听到鬼叫。我居德国十年,心中鬼神的概念已经荡然无存。即使是这样,我现在住在这一座空荡荡的大楼里,只感到鬼影幢幢,鬼气森森,我不禁毛发直竖。

第二天,我去见汤用彤先生。由陈寅恪先生推荐,汤用彤先生接受，我受聘为北京大学教授。这次去见汤先生，由代校长傅斯年陪伴。校长胡适正在美国。在路上，傅斯年先生一个劲地给我做思想工作，说在国外获得博士学位以后，回国到北大都必须先当两年的副教授，然后才能转为正教授。这是多年的规定，不允许有例外。我洗耳恭听，一言不发。见到汤先生以后，他明确无误地告诉我，聘我为北京大学正教授，先做一个礼拜的副教授，表示并不是无端跳过了这一个必经的阶段。我当然感激之至。这是我在六十年前进入北大时的一段佳话。

这一年和下一年——1947年，我都在北大教书。一直到1948年，我才得到一个机会，搭乘飞机，飞回济南。我已经离家十三年了。这一次回来，也可以说是一享家人父子之乐吧。

荷姐当然见到了。她漂亮如故，调皮有加。一见我，先是高声呼叫"季大博士"。这我并不奇怪，我们从小互相开玩笑惯了。但是，她接着左一个"季大博士"，右一个"季大博士"，说个不停。这就引起了我的疑心。我悚然听之，我猛然发现，在她的内心深处蕴藏着一点凄凉、一点寂寞、一点幽怨，还有一点悔不当初。一谈到悔不当初，我就必须说，这是我们自己酿成的一杯苦酒，必须由我们自己来品尝。在这里，主要当事人是荷姐本人，我一点责任都没有。

从此以后，就同荷姐失去了联系，到现在已经快六十年了。其间，我曾由李玉洁陪伴回济南一次，目的是参加山大校庆。来去匆匆,没有时间去探寻荷姐的行踪。到了今天,又已经过去了几年。看来,要想见到荷姐,只有梦中团圆了。

2006 年 4 月 8 日

忆念
宁朝秀大叔

我六岁以前,住在山东省清平县(后归临清)官庄。我们的家是在村外,离开村子还有一段距离。我家的东门外是一片枣树林,林子的东尽头就是宁大叔的家,我们可以说是隔林而居。

宁家是贫农,大概有两三亩地。全家就以此为生。人口只有三人:宁大叔、宁大婶和宁大姑。至于宁大姑究竟多大,要一个六岁前的孩子说出来,实在是要求太高了。宁家三口我全喜欢,特别喜欢宁大姑,因为我同她在一起的时候最多。我当时的伙伴,村里有杨狗和哑巴小。只要我到村里去,就一定找他俩玩。实际上也没有什么可玩的,无非是在泥土地里滚上一身黄泥,然后跳入水沟中去练习狗刨游泳。如此几次反复,终于尽欢而散。

实际上,我最高兴同宁大姑在一起。大概从我三四岁起,宁大姑就带我到离开官庄很远的地方去拾麦穗。地主和富农土地多,自己从来不下地干活,而是雇扛活的替他们耕种,他们坐享其成。麦收的时候,宁大姑就带我去拾麦穗。割过的麦田里间或有遗留下来的小麦穗。所谓"拾麦子",就是指捡这样的麦穗。我像煞有介事似的提一个小篮子，跟在宁大姑身后捡拾麦穗。每年夏季一个多月，也能拾到十斤八斤麦穗。母亲用手把麦粒搓出来，数量虽小，可是我们家里绝对没有的。母亲把磨成的白面贴成白面饼子，我们当时只能勉强吃红高粱饼子，一吃白面饼子，大快朵颐。这是一年难得的一件大事。有一年，不知道母亲是从哪里弄来了一块月饼，这当然比白面饼子更好吃了。

夏天晚上，屋子里太热，母亲和宁大婶、宁大姑，还有一些住在不远的地方的大婶们和大姑们，凑到一起，坐在或躺在铺在地上的苇子席上，谈些张家长李家短的琐事。手里摇着大蒲扇驱逐蚊虫。宁大姑和我对谈论这些事情都没有兴趣。我们躺在席子上，眼望着天。乡下的天好像离地近，天上的星星也好像离人近，它们在不太辽远的天空里向人们眨巴眼睛。有时候有流星飞过，我们称之为"贼星"，原因不明。

西面离开我们不太远，有一棵大白杨树，大概已有几百年的寿命了。浓荫匝地，枝头凌云，是官庄有名的古树之一。我母亲现在就长眠在这棵大树下。愿她那在天之灵能够得到幸福，能看到她的儿子没有给她丢人。

我在过去七八十年中写过很多篇怀念母亲的文章。但是，对母亲这个人还从来没有介绍过。现在我想借忆念宁朝秀大叔的机会来介绍一下我的母亲。

母亲姓赵，五里长屯人，离官庄大概有五里路。根据一个五六岁的孩子的观察，赵老娘家大概很穷。我从来不记得她给我过什么好吃的东西。她家的西邻是一家专门杀牛卖酱牛肉的屠户。我只记得，一个冬天，从赵老娘家提回来了一罐子结成了冻儿的牛肉汤。我生平还没有吃过肉，一旦吃到这样的牛肉汤，简直可以比得上龙肝凤髓了。母亲只是尝了一小口，其余全归我包圆儿了。我自己全不体会母亲爱子之情，一味地猛吃猛喝。母亲活了一辈子，连个名字都没捞到，临走时还是一个季赵氏。可怜我那可怜的母亲，可怜兮兮地活了一辈子，最远的长途旅行是从官庄到五里长屯，共五华里，再远的地方没有到过。至于母亲是什么模样，很惭愧，即使我是画家，我也拿不出一幅素描来。1932年母亲去世的时候，我痛不欲生，曾写过一副类似挽联的东西："为母子一场，只留得面影迷离，入梦浑难辨，茫茫苍天，此恨曷极！"可见当时已经不清楚了。现在让我全部讲清楚，不亦难乎？但是，有一点我是完全可以肯定的。在八十多年以前，在清平官庄夏季之夜里，母亲抱着我，一个胖墩墩的男孩，从场院里抱回家里放在炕头上睡觉。此时母亲的心情该是多么愉快，多么充实，多么自傲，又是多么丰盈。然而好景不长，过了没有几年，她这一个宝贝儿子就被"劫持"到了济南。这是母亲完全没有料到的，也是完全无能为力的。此后，由于家里出了丧事，我回家奔丧，曾同母亲小住数日。最后竟至八年没有见面。我回家奔母亲之丧时，棺材盖已经钉死，终于也没有能见到母亲一面，抱恨终天矣。我只知道儿子想念母亲的痴情，何曾想到母亲倚闾望子之痴情。我把宝押在大学毕业上，只要我一旦毕业，立即迎养母亲进城。古人说："树欲静而风不止，子欲养而亲不待。"正应到我身上。我在外面是有工作的，不能够用全部时间来怀念母亲，而母亲是没有活可干的。她几乎是用全部时间来怀念儿子。看到房门前的大杏树，她会想到这是儿子当年常爬上去的。看到房后大苇坑里的水，她会想到这是儿子当年洗澡的地方。回顾四面八方，无处不见儿子的影子。然而这个儿子却如海上蓬莱三山之外的仙山，不可望不可即了。奈之何哉！奈之何哉！

我曾写过很多篇怀念母亲的文章，自谓一个做儿子的所应做的事情，我都已做到了。现在才知道，我对母亲思子之情并不了解。现在才稍稍开了点窍。

上面我借写宁朝秀大叔的机会，介绍了一下我的母亲。

现在仍然回头来写宁大叔。

我在上面已经说过，宁大叔家是贫农，只有两三亩地。宁大婶和宁大姑都是妇道人家，参加不了种地的活。所有种地的活都靠宁大叔一个人。耕地要牛，人之常识。但是，有牛又谈何容易。官庄前街有牛的人家屈指可数。首先是大地主张家楼张家，住在一条胡同里，家里有五头牛，主人从来不走出家门；其次一家就是我的二大爷，是举人的第二个儿子，属于富农，有两头牛和一个扛活的。至于杨家和马家是否有牛，我就不清楚了。

反正宁大叔家里只有他，没有牛。在这种情况下，只有把人变成牛，才能种庄稼。"锄禾日当午，汗滴禾下土。谁知盘中餐，粒粒皆辛苦。"至于宁大叔是怎么操作的，我没有看到过，不敢乱说。

不知是由于什么原因，也不知是从什么时候起，我们家长期保留着三分地。早先是怎么耕种，我不清楚。自我父亲去世到我母亲去世长达八年的时间内，耕种都由宁大叔一人承担，这是非常清楚的。在这八年内，母亲一文钱的收入也没有，靠的就是这三分地。如果我是一个脑筋灵活的人，每年给母亲寄三四十元钱，这能力我还是有的。可怜我的脑筋是一个死木头疙瘩，把希望统统放在大学毕业上，真是其愚不可及也。

在农民中，我们家算是什么成分呢？我一直不清楚。土改时，宁大叔当时是贫协主席，还给我们家分了地，对我母亲和我而言，我认为，这是公正的。但是，对是家长的我父亲而言，却是不公正的。

我现在就来谈一谈我的父亲。我不奉行那种为尊者讳，为贤者讳的教条。反正你不说，人家也都知道。这些事情都已经成了历史，历史是无法改变的。我在官庄的上一辈，大排行十一人。只有一、二、七、九、十一留在关内，其余六人全因穷下了关东。我的父亲排行七，济南的叔父行九，与行十一的一叔是同母所生。一叔生下后，父母双亡，他被送了人，改姓刁。父亲和叔父，无父无母，留在官庄，饿得只能以捡掉在地上的干枣果腹。日子实在无法过下去，便商量到济南去闯荡。二人大概受了不少的苦，当过巡警，扛过大件。最终叔父在济南立定了脚跟。兄弟二人便商议，父亲回家，好好务农。叔父留在济南挣钱，寄回家去。有朝一日，二人衣锦荣归，消泯胸中那一团郁闷之气。完全出人意料，这样的机会不久就得到了。叔父在东北中了湖北水灾头奖，十分之一共三千元。在当时，三千元是一个极大的数目。当时我还没有出生。后来听说，雇人用车往官庄推制钱，可见钱之多。现在兄弟俩真是衣锦还乡了，好不神气！父亲要盖大宅子。碰巧当时附近砖瓦窑都没有开窑。父亲便昭告天下：有谁拆了自己的房子，出卖砖瓦，他将用十倍的价钱来收购。结果宅子盖成了：五间北房，东西房各三间，大门朝南，极有气派。一时颇引起了轰动，弟兄俩算是露了脸。但是，时隔没有多久，父亲把能挥霍的都挥霍光了，最后只能打房子的主意。整个地卖，没有人买得起；分开来卖，没有人买。于是自留西房三间，其余北房五间，东房三间统统拆掉，卖砖卖瓦。没有人买，只好把价钱降到最低，等于破砖烂瓦。

我讲到父亲的挥霍，其实他既不酗酒、嗜赌，也不嫖、吃，自己没有什么嗜好。据我观察，他的唯一嗜好是充大爷，有点孟尝君的味道。他能在庙会上大言宣布："今天到会的，我都请客！"他去世的时候，我奔丧回家，为他还账，只是下酒吃的炸花生米钱就有一百多元。那时候一百元是个大数目，大学助教每月工资八十元。这些东西当然都不是他自己吃的，而是他那些酒友。

父亲认字，能读书，年幼的时候，他那中了举的大伯大概教过他和九叔念书认字。他在农村算是什么成分，我说不清。他反正从来也没有务过农，没有干过庄稼活。我到了济南以后，有很多年，他在农村把钱挥霍光了，就进城找叔父要钱。直到有一年，他又进城来要钱。他坐在北屋里，婶母在西屋里使用了中国旧式妇女传统的办法，扬声大喊，指桑骂槐，把父亲数落了一阵。父亲没有办法，只有走人，婶母还当面挽留。从此父亲就几乎不到济南来了。他在农村怎样过日子，我不知道。我自己寄人篱下，想什么都没有用了。

父亲卧病的时候，叔父还让我陪他回官庄一趟。此时，父亲已经不能说话，难兄难弟只能相对而泣。我叔父对他这一位败家能手的哥哥，尽悌道可谓尽到了百分之百。这给我留下了毕生难忘的印象，认为是常人难以做到的。

这一篇文章本来是写宁朝秀大叔的，结果是鹊巢鸠占，大部分篇幅都让老季家占了。我在这里介绍了我的母亲，介绍了我的父亲，介绍了父亲和叔父的关系，把一个宁大叔不知挤到哪里去了。事实上，我奔父丧回家的时候，天天见到宁大叔，还有宁大婶和宁大姑。离开官庄以后，直到母亲逝世长达八年的时间内，我不但没能看到宁家一家人，连想到他们的时间也几乎没有。我奔母丧回到官庄，当然天天同宁家一家见面。宁大姑特别怀念当年我挎一个小篮子随着她去拾麦穗的情景，想不到一转眼我竟变成了大人。当时我们家已经没有了主妇，事情大概都由宁大婶操办。

我离开官庄后，在欧洲待了十年多。回国后不久，就迎来了解放。家乡的情况极不清楚。一直到今天，自己已经九十多岁了。但是想到宁大叔一家的时间却越来越多。宁大叔一家将永远活在我的记忆中。

2003 年 7 月 7 日
于 301 医院

小姐姐

回想起来,已经是八十年前的事情了。那时,我们家住在济南南关佛山街柴火市。我们住前院,彭家住后院。彭家二大娘有几个女儿和儿子。小姐姐就是二大娘的二女儿。比我大,所以称之为姐姐;但是大不了几岁,所以称之为小姐姐。

我现在一闭眼,就能看到小姐姐不同凡俗标致的形象。中国旧时代赞扬女性美有许多词句,什么沉鱼落雁,什么闭月羞花。这些陈词滥调,用到小姐姐身上,都不恰当,都有点可笑。倒是宋词里面有一些丽词秀句,可供参考。我在下面举几个例子:

苏东坡的《江城子》:

> 腻红匀脸衬檀唇。晚妆新。暗伤春。手捻花枝,谁会两眉颦?

苏东坡的《雨中花慢》:

嫩脸羞蛾,因甚化作行云,却返巫阳。

苏东坡的《三部乐》:

> 美人如月,乍见掩暮云,更增妍绝。算应无恨,安用阴晴圆缺。

苏东坡的《鹧鸪天》:

> 罗带双垂画不成。殢人娇态最轻盈。酥胸斜抱天边月,玉手轻弹水面冰。
>
> 无限事,许多情。四弦丝竹苦丁宁。饶君拨尽相思调,待听梧桐叶落声。

类似的例子还可举出一些来,我不再列举了。我的意思无非是想说,小姐姐秀色天成,用平常的陈词滥调来赞誉,反而适得其反。倘若把宋词描绘美人的一些词句,拿来用到小姐姐身上,将更能凸显她的风采。我在这里想补充几句:宋人那一些词句描绘的多半是虚无缥缈的美人,而小姐姐却是活灵活现,真实存在的人物。倘若宋代词人眼前真有一个小姐姐,他们的词句将会更丰满,更灵透,更有感染力。

小姐姐是说不完的。上面讲到的都是外面的现象。在内部,她有一颗真诚、热情,同情别人、同情病人的心。大家都知道，麻风病是一种非常凶恶，非常可怕的病。在山东济南，治疗这种病的医院，不在城内，而在南门外千佛山下一片荒郊中修建的疗养院中。可见人们对这种恶病警惕性之高。然而小姐姐家里却有一位患麻风病的使女，自我认识小姐姐起就在她家里。我当时虽然年小，懂事不多，但是也感到有点别扭。这位使女一直待在小姐姐家中，后来不知所终。我也没有这个闲心，去刺探研究——随它去吧。

但是，对于小姐姐，我却不是这样随便。小姐姐是说不完的。在当时，我语不惊人，貌不压众，只不过是寄人篱下的一只丑小鸭。没有人瞧得起，没有人看得上。连叔父也认为我没有多大出息，最多不过是一个邮务生的材料。他认为我不闯实，胆小怕事。他哪里知道，在促进我养成这样的性格的过程中，他老人家就起了不小的作用。一个慈母不在跟前的孩子，哪里敢飞扬跋扈呢？我在这里附带说上几句话：不管是由于什么原因，出于什么动机，毕竟是叔父从清平县穷乡僻壤的官庄把我带到了济南。我因此得到了念书的机会，才有了今天的我。我永远感谢他。

闲言少叙，书归正传。话头仍然回到小姐姐身上。但是，在谈小姐姐之前，我先粗笔勾画一下我那几年的情况。在小学和初中时期，我贪玩，不喜欢念书，也并无什么雄心壮志，不羡慕别人考甲等第一。但是，不知道是由于哪一路神仙呵护，我初中毕业考试平均分竟达到了九十七分，成为文理科十几个班之冠。这一件个人大事，公众小事，触动了当时的山东教育厅厅长、清代状元王寿彭老先生。他亲自命笔，写了一副对联和一个扇面给我，算是对我的奖励。我也是一个颇有点虚荣心的人，受到了王状元这样的礼遇，心中暗下决心：既然上来了，就不能再下去。于是，奋发图强，兀兀穷年。结果是，上了三年高中，六次期考，考了六个甲等第一。高中最后一年，是在U石桥那个大院子里度过的。此时，我已经小有名气。国文，被国文教员董秋芳先生评为全校之冠（同我并列的还有一个人王俊岑，后入北大数学系）；英文，我被大家称为"Great home"（"大家"，戏谑之辞，不足为训）。我当时能用英文写相当长的文章。我现在回想起来，自己都有点惊诧。当我看到英文教员同教务处的几位职员在一起谈到我的英文作文，那种眉开眼笑的样子，我真不禁有点飘飘然了。

上面这些情况，都是我们家搬离柴火市以后发生的，此时，即使小姐姐来走娘家，前面院子也已经是人去屋空。那一位小兄弟也已杳若黄鹤，不知飞向何处去了。事实上，我飞得真不能算近。我于1935年离开祖国，到了德国，一住就是十年。一直到1946年，才辗转回国。当时国内正在进行战争。我从上海乘轮船到了秦皇岛，又乘火车到了北京。此时正是"秋风吹昆明（湖），落叶满长安（街）"的深秋。离京十载，一旦回来，心中喜悦之情，不足为外人道也。

然而小姐姐却仍然见不到。

我被聘为北京大学教授，兼东方语言文学系主任。时间是1946年。1946年和1947年两年,仍然教书。此时战争未停,铁路不通。航空又没有定期航班,只能碰巧搭乘别人定好的包机。这种机会是不容易找的。我一直等到1948年,才碰到了这样的好机会。于是我就回到了阔别十三年的济南,见到了我家里的人,也见到了小姐姐。

2006年

贰 —— 大师已远去

赵元任先生 *

赵元任先生是国际上公认的语言学大师。他是当年清华国学研究院的四大导师之一,另有一位讲师李济先生,后来被认为是考古学大师。在中国现代教育史上,清华国学研究院是一个十分独特的现象。在全国都按照西方模式办学的情况下,国学研究院却带有浓厚的中国旧式的书院色彩。学生与导师直接打交道,真正做到了因材施教。其结果是,培养出来的学生后来几乎都成了大学教授,而且还都是学有成就的学者,而不是一般的教授。这一个研究院只办了几年,倏然而至,陡然而止,犹如一颗火焰万丈的彗星,使人永远怀念。教授阵容之强,前无古人,后无来者。赵元任先生也给研究院增添了光彩。

我虽然也出身清华,但是,予生也晚,没能赶得上国学研究院时期。又因为行当不同,终于缘悭一面,毕生没能见过元任先生,没有受过他的教诲,只留下了高山仰止之情,至老未泯。

我虽然同元任先生没有见过面,但是对他的情况从我读大学时起就比较感兴趣,比较熟悉。我最早读他的著作是他同于道泉先生合译的《仓央嘉措情歌》。后来,在新中国成立前后,我和于先生在北大共事,我常从他的口中和其他一些朋友的口中听到许多关于赵先生的情况。他们一致认为,元任先生是一个天生的语言天才。他那审音辨音的能力远远超过常人。他学说各地方言的本领也使闻者惊叹不止。他学什么像什么,连相声大师也望尘莫及。我个人认为,赵先生在从事科学研究方面,还有一个很突出的特点或者优势是其他语言学家所难以望其项背的。这就是,他是研究数学和物理学出身,这对他以后转向语言学的研究是极明显的有利条件。

赵元任先生一生的学术活动,范围很广,方面很多,一一介绍,为我能力所不逮,这也不是我的任务。这一点将由语言学功底远远超过我的陈原先生去完成,我现在在这里只想谈一下我对元任先生一生学术活动的一点印象。

大家都知道,一个学者,特别是已经达到大师级的学者,非常重视自己的科学研究工作,理论越钻越细,越钻越深,而对于一般人能否理解,能否有利,则往往注意不够。换句话说就是:只讲阳春白雪,不顾下里巴人;只讲雕龙,不讲雕虫。能龙虫并雕者大家都知道有一个王力先生——顺便说一句,了一先生是元任先生的弟子——他把自己的一本文集命名为《龙虫并雕集》,可见他的用心之所在。元任先生也是龙虫并雕的。讲理论,他有极高深坚实的理论;讲普及,他对国内、对世界都做出了卓有成效的贡献。在国内,他努力推进汉语统一运动;在国外,他教外国人,主要是美国人汉语。两方面都取得了极大的成功。当今之世,中国国际地位日益提高,世界上许多国家学习汉语的势头日益增强,元任先生留给我们的关于学习汉语的著作,以及他的教学方法,将会重放光芒,将会在新形势下取得新的成果,这是可以预卜的。

限于能力,介绍只能到此为止了。

而今,大师往矣,留下我们这一辈后学,我们应当怎样办呢?我想每一个人都会说:学习大师的风范,发扬大师的学术传统。这些话一点也没有错,但是,一谈到如何发扬,恐怕就言人人殊了。窃不自量力,斗胆提出几点看法,供大家参照。大类井蛙窥天,颇似野狐参禅,聊备一格而已。

话得说得远一点。语言是思想的外化,谈语言不谈思想是搔不着痒处的。言意之辨一向是中国哲学史上的一个重要命题,其原因就在这里。我现在先离正文声明几句,我从来不是什么哲学家,对哲学我是一无能力,二无兴趣。我的脑袋机械木讷,不像哲学家那样圆融无碍。我还算是有点自知之明的,从来不做哲学思辨。但是,近几年来,我忽然不安分守己起来,竟考虑了一些类似哲学的问题,岂非咄咄怪事。

现在再转入正文,谈我的"哲学"。首先经过多年的思考和观察,我觉得东西文化是不同的,这个不同表现在各个方面,只要稍稍用点脑筋,就不难看出。我认为,东西文化的不同扎根于东西思维模式的不同。西方的思维模式的主要特点是分析,而东方则是综合。我并不是说,西方一点综合也没有,东方一点分析也没有,都是有的,天底下绝没有泾渭绝对分明的事物,起码是常识这样告诉我们的。我只是就其主体而言,西方分析而东方综合而已。这不是"哲学"分析推论的结果,而是有点近乎直观。此论一出,颇引起了一点骚动,赞同和反对者都有,前者寥若晨星,而后者则阵容颇大。我一向不相信真理愈辩愈明的。这些反对或赞成的意见,对我只等于秋风过耳边。我编辑了两大册《东西文化议论集》,把我的文章以及反对者和赞同者的文章都收在里面,不加一点个人意见,让读者自己去明辨吧。

什么叫分析?什么又叫综合呢?我在《东西文化议论集》中有详尽的阐述,我无法在这里重述。简捷地说一说,我认为,西方自古希腊起走的就是一条分析的道路,以三段论法为代表,其结果是:只见树木,不见森林;头痛医头,脚痛医脚。东方的综合,我概括为八个字:整体概念,普遍联系。有点模糊,而我却认为,妙就妙在模糊。上个世纪末,西方兴起的模糊学,极能发人深思。

真是十分出我意料,前不久我竟在西方找到了"同志"。《参考消息》2000年8月19日刊登了一篇文章,题目是《东西方人的思维差异》,是从美国《国际先驱论坛报》8月10日刊登的一篇文章翻译过来的,是记者埃丽卡·古德撰写的。文章说,一个多世纪以来,西方哲学家和心理学家将他们对精神生活的探讨建立在一种重要的推断上,人类思想的基本过程是一样的。西方学者曾认为，思考问题的习惯，即人们在认识周围世界时所采取的策略都是一样的。但是，最近密歇根大学的一名社会心理学家进行的研究已在彻底改变人们长期以来对精神所持的这种观点。这位学者名叫理查德·尼斯比特。本文把他的观点归纳如下：

> 东方人似乎更"全面"地思考问题，更关注背景和关系，更多借助经验，而不是抽象的逻辑，更能容忍反驳意见。西方人更具"分析性"，倾向于使事物本身脱离背景，避开矛盾，更多地依赖逻辑。两种思想习惯各有利弊。

这些话简直好像是从我嘴里说出来似的。这里绝不会有什么抄袭的嫌疑，我的意见好多年前就发表了，美国学者也绝不会读到我的文章。而且结论虽同，得到的方法却大异其趣，我是凭观察，凭思考，凭直观，而美国学者则是凭"分析"，再加上美国式的社会调查方法。

以上就是我的"哲学"最概括的内容。听说一位受过西方哲学训练的真正的哲学家说，季羡林只有结论，却没有分析论证。此言说到了点子上，但是，这位哲学家却根本不可能知道，我最头痛的正是西方哲学家们的那一套自命不凡的分析，分析，再分析的论证方法。

这些都是闲话，且不去管它。总之一句话，我认为，文化和语言的基础或者源头就是思维模式,至于这一套思维模式是怎样产生出来的,我在这里先不讨论,我只说一句话:天生的可能必须首先要排除。专就语言而论,只有西方那一种分析的思维模式才能产生以梵文、古希腊文、拉丁文等为首的具有词类、变格、变位等一系列明显特征的印欧语系的语言。这种语言容易分析、组合,因而产生了现在的比较语言学,实际上应该称之为印欧语系比较语言学这一门学问。反之,汉语等和藏缅语系的语言则不容易分析、组合。词类、变格、变位等语法现象,都有点模糊不定。这种语言是以综合的思维模式为源头或基础的,自有它的特异之处和优越之处。过去,某一些西方自命为天之骄子的语言学者努力贬低汉语,说汉语是初级的、低级的、粗糙的语言,现在看来,真不能不使人嗤之以鼻了。

现在,我想转一个方向谈一个离题似远而实近的问题:科学方法问题。我主要根据的是一本书和一篇文章。书是《李政道文录》(浙江文艺出版社,1999年),文章是金吾伦的《李政道、季羡林和物质是否无限可分》(《书与人》杂志,1999年第5期,第41—46页)。

先谈书。李政道先生在本书中一篇文章《水、鱼、鱼市场》写了一节叫作"对21世纪科技发展前景的展望"。为了方便说明问题,引文可能要长一点:

一百年前,英国物理学家汤姆逊(J. Thomson

1856—1940）发现了电子。这极大地影响了20世纪的物理思想，即大的物质是由小的物质组成的，小的是由更小的组成的，找到最基本的粒子就能知道最大的构造。（下略）

以为知道了基本粒子，就知道了真空，这种观念是不对的。（中略）我觉得，基因组也是这样，一个个地认识了基因，并不意味着解开了生命之谜。生命是宏观的。20世纪的文明是微观的。我认为，到了21世纪，微观和宏观会结合成一体。（第89页）

我在这里只想补充几句：微观的分析不仅仅是20世纪的特征，而是自古希腊以来西方的特征，20世纪也许最明显，最突出而已。

我还想从李政道先生书中另一篇文章《科学的发展：从古代的中国到现在》中引几段话：

整个科学的发展与全人类的文化是分不开的。在西方是这样，在中国也是如此。可是，科学的发展在西方与中国并不完全一样。在西方，尤其是如果把希腊文化也算作西方文化的话，可以说，近代西方科学的发展和古希腊有更密切的联系。在古希腊时也和现代的想法基本相似，即觉得要了解宇宙的构造，就要追问最后的元素是什么。大的物质是由小的元素构造，小的元素是由更小的粒子构造，所以是从大到小，小到更小。这个观念是从希腊时就有的（atom 就是希腊字），一直到近代。可是，中华民族的文化略有不同。我们是从开始时就感觉到，微观的元素与宏观的天体是分不开的，所以中国人从开始就把五行与天体联系起来。（第 171 页）

李政道先生的书就引用这样多。不难看出，他的一些想法与我的想法颇有能相通之处。他讲的微观与宏观相结合，用我的话来说就是，分析与综合相结合。这一点我过去想得不多，强调得不够。

现在来谈金吾伦先生的文章。金先生立论也与上引李政道先生的那一部书有关。我最感兴趣的是他在文章开头时引的大哲学家怀德海的一段话，我现在转引在这里：

19 世纪最大的发明是发明了发明的方法。一种新方法进入人类生活中来了。如果我们要理解我们这个时代，有许多的细节，如铁路、电报、无线电、纺织机、综合染料等等，都可以不必谈，我们的注意力必须集中在方法的本身。这才是震撼古老文明基础的真正的新鲜事物。（第 41 页）

金先生说，李政道先生十分重视科学方法，金先生自己也一样。他这篇文章的重点是说明物质不是永远可分的。他同意李政道的意见，就是说，当前科学的发展不能再用以前那种"无限可分"的方法论，从事"越来越小"的研究路子，而应改变方略，从整体去研究，把宏观和微观联系起来进行研究。

李政道先生和金吾伦先生的文章就引证到这里为止。他们的文章中还有很多极为精彩的意见，读之如入七宝楼台，美不胜收，我无法再征引了。我倒是希望，不管是研究人文社会科学的学者，还是研究自然科学的学者，都来读一下，思考一下，定能使目光远大，胸襟开阔，研究成果必能焕然一新。这一点我是敢肯定的。

我在上面离开了为《赵元任全集》写序的本题，跑了野马，野马已经跑得够远的了。我从我的"哲学"讲起，讲到东西文化的不同；讲到东西思维模式的差异——东方的特点是综合，也就是"整体概念，普遍联系"，西方的特点是分析；讲到语言和文化的源头或者基础；讲到西方的分析的思维模式产生出分析色彩极浓的印欧语系的语言，东方的综合的思维模式产生出汉语这种难以用西方方法分析的语言；讲到20世纪是微观分析的世纪，21世纪应当是微观与宏观相结合的世纪；讲到科学方法的重要性；等等。所有这一切看上去都似乎与《赵元任全集》风马牛不相及。其实，我一点也没有离题，一点也没有跑野马，所有这些看法都是我全面立论的根据。如果不讲这些看法，则我在下面的立论就成了无根之草，成了无本之木。

我们不是要继承和发扬赵元任先生的治学传统吗？想要做到这一点，不出两途：

第一条是忠实地、完整地、亦步亦趋地跟着先生的足迹走，不敢越雷池一步。从表面看上去，这似乎是真正忠诚于自己的老师了。其实，结果将会适得其反。古今真正有远见卓识的大师们都不愿意自己的学生这样做。依稀记得一位国画大师（齐白石？）说过一句话："学我者死。""死"，不是生死的"死"，而是僵死，没有前途。这一句话对我们发扬元任先生的学术传统也很有意义。我们不能完全走元任先生走过的道路，不能完全应用元任先生应用过的方法，那样就会"死"。

第二条道路就是根据元任先生的基本精神，另辟蹊径，这样才能"活"。这里我必须多说上几句。首先我要说，20世纪的科学方法是分析的，是微观的，而且这种科学方法绝不是只限于西方。20世纪是西方文化，其中也包括科学方法等等，垄断了全世界的时代。不管哪个国家的学者都必然要受到这种科学方法的影响，在任何科学领域内使用的都是分析的方法、微观的方法。不管科学家们自己是否已经意识到这一点，反正结果是一样的。我没有能读元任先生的全部著作，但是，根据我个人的推断，即使元任先生是东方语言大师，毕生研究的主要是汉语，他也很难逃脱掉这一个全世界都流行的分析的思潮，他使用的方法也只能是微观的、分析的方法。他那谁也不能否认的辉煌的成绩，是他使用这种方法达到尽善尽美的结果。就是有人想要跟踪他的足迹，使用他的方法，成绩也绝不会超越他。在这个意义上来说，赵元任先生是不可超越的。

我闲时常思考汉语历史发展的问题。我觉得，在过去两三千年中，汉语不断发展演变，这首先是由内因所决定的。外因的影响也绝不容忽视。在历史上，汉语受到了两次外来文化的冲击。第一次是始于汉末的佛经翻译。佛经原文是西域一些民族的语言，梵文、巴利文，以及梵文俗语，都是印欧语系的语言。这次冲击对中国思想以及文学的影响既深且远，而对汉语本身则影响不甚显著。第二次冲击是从清末民初起直至五四运动的西方文化，其中也包括语言的影响。这次冲击来势凶猛，力量极大，几乎改变了中国社会整个面貌。五四以来流行的白话文中西方影响也颇显著。人们只要细心把《儒林外史》和《红楼梦》等书的白话文拿来和五四以后流行的白话文一对照，就能够看出其间的差异。按照西方标准，后者确实显得更严密了，更合乎逻辑了，也就是更接近西方语言了。

赵元任先生和我们所面对的汉语，就是这样一种汉语。研究这种汉语，赵先生用的是微观分析的方法。我在上面已经说到，再用这种方法已经过时了，必须另辟蹊径，把微观与宏观结合起来。这话说起来似乎极为容易，然而做起来却真万分困难。目前不但还没有人认真尝试过，连同意我这种看法的人恐怕都不会很多。也许有人认为我的想法是异想天开,是痴人说梦,是无事生非。"不识庐山真面目,只缘身在此山中。"大家还都处在庐山之中,何能窥见真面目呢?

依我的拙见,大家先不妨做一件工作。将近七十年前,陈寅恪先生提出了一个意见,我先把他的文章抄几段:

> 若就此义言之,在今日学术界,藏缅语系比较研究之学未发展,真正中国语文文法未成立之前,似无过于对对子之一方法。(中略)今日印欧语系化之文法,即马氏文通"格义"式之文法,既不宜施之于不同语系之中国语文,而与汉语同系之语言比较研究,又在草昧时期,中国语文真正文法,尚未能成立,此其所以甚难也。夫所谓某种语言之文法者,其中一小部分,符于世界语言之公律,除此之外,其大部分皆由研究此种语言之特殊现象,归纳为若干通则,成立一有独立个性之系统学说,定为此特种语言之规律,并非根据某一特种语言之规律,即能推之概括万族,放诸四海而准者也。假使能之,亦已变为普通语言学音韵学,名学,或文法哲学等等,而不复成为某特种语言之文法矣。(中略)迄乎近世,比较语言之学兴,旧日谬误之观念得以革除。因其能取同系语言,如梵语波斯语等,互相比较研究,于是系内各种语言之特性逐渐发现。印欧系语言学,遂有今日之发达。故欲详知确证一种语言之特殊现象及其性质如何,非综合分析,互相比较,以研究之,不能为

功。而所与互相比较者,又必须属于同系中大同而小异之语言。盖不如此,则不独不能确定,且常错认其特性之所在,而成一非驴非马,穿凿附会之混沌怪物。因同系之语言,必先假定其同出一源,以演绎递变隔离分化之关系,乃各自成为大同而小异之言语。故分析之,综合之,于纵贯之方面,剖别其源流,于横通之方面,比较其差异。由是言之,从事比较语言之学,必具一历史观念,而具有历史观念者,必不能认贼作父,自乱其宗胤也。(《与刘叔雅论国文试题书》,见《金明馆丛稿二编》)

引文确实长了一点,但是有谁认为是不必要的呢?寅恪先生之远见卓识真能令人折服。但是,我个人认为,七十年前的寅恪先生的狮子吼,并没能起到振聋发聩的作用,好像是对着虚空放了一阵空炮,没有人能理解,当然更没有人认真去尝试。整个20世纪,在分析的微观的科学方法垄断世界学坛的情况下,你纵有孙悟空的神通,也难以跳出如来佛的手心。中外研究汉语语法的学者又焉能例外!他们或多或少地走上了分析微观的道路,这是毫不足奇的。更可怕的是,他们面对的研究对象是与以分析的思维模式为基础的印欧语系的语言迥异其趣的以综合的思维模式为源头的汉语,其结果必然是用寅恪先生的话来说"非驴非马""认贼作父"。陈先生的言语重了一点,但是却说到了点子上。到了21世纪,我们必须改弦更张,把微观与宏观结合起来。除此之外,还必须认真分辨出汉语的特点,认真进行藏缅语系语言的比较研究。只有这样,庶几能发多年未发之覆,揭发出汉语结构的特点,建立真正的汉语语言学。

归根结底一句话,我认为这是继承发扬赵元任先生汉语研究传统的唯一正确的办法。是为序。

2000 年 8 月 30 日
写毕于雷雨大风声中

---

* 本文原为《赵元任全集》序言。

回忆
陈寅恪先生

别人奇怪，我自己也奇怪：我写了这样多的回忆师友的文章，独独遗漏了陈寅恪先生。这究竟是为什么呢？对我来说，这是事出有因，查亦有据的。我一直到今天还经常读陈先生的文章，而且协助出版社出先生的全集。我当然会时时想到寅恪先生的。我是一个颇为喜欢舞笔弄墨的人，想写一篇回忆文章，自是意中事。但是，我对先生的回忆，我认为是异常珍贵的，超乎寻常的，神圣的。我希望自己的文章不要玷污了这一点神圣性，故而迟迟不敢下笔。到了今天，北大出版社要出版我的《怀旧集》，已经到了非写不行的候了。

要论我同寅恪先生的关系，应该从六十五年前的清华大学算起。我于1930年考入清华大学，入西洋文学系（不知道从什么时候起改名为外国语文系）。西洋文学系有一套完整的教学计划，必修课规定得有条有理，完完整整，但是给选修课留下的时间却是很富裕的。除了选修课以外，还可以旁听或者偷听，教师不以为忤，学生各得其乐。我曾旁听过朱自清、俞平伯、郑振铎等先生的课，都安然无恙，而且因此同郑振铎先生建立了终生的友谊。但也并不是一切都一帆风顺。我同一群学生去旁听冰心先生的课。她当时极年轻，名满天下，我们是慕名而去的。冰心先生满脸庄严，不苟言笑，看到课堂上挤满了这样多学生，知道其中有"诈"，于是威仪俨然地下了"逐客令"："凡非选修此课者，下一堂不许再来！"我们悚然而听，憬然而退，从此不敢再进她讲课的教室。四十多年以后，我同冰心重逢，她已经变成了一个慈祥和蔼的老人，由怒目金刚一变而为慈眉菩萨。我向她谈起她当年"逐客"的事情，她已经完全忘记，我们相视而笑，有会于心。

就在这个时候，我旁听了寅恪先生的"佛经翻译文学"。参考书用的是《六祖坛经》，我曾到城里一个大庙里去买过此书。寅恪先生讲课，同他写文章一样，先把必要的材料写在黑板上，然后再根据材料进行解释、考证、分析、综合，对地名和人名更是特别注意。他的分析细入毫发，如剥蕉叶，愈剥愈细，愈剥愈深，持一种实事求是的精神，不武断，不夸大，不歪曲，不断章取义。他仿佛引导我们走在山阴道上，盘旋曲折，山重水复，柳暗花明，最终豁然开朗，把我们引上阳关大道。读他的文章，听他的课，简直是一种享受，无法比拟的享受。在中外众多学者中，能给我这种享受的，国外只有亨利希·吕德斯（Heinich Luidum），在国内只有陈师一人，他被海内外学人公推为考证大师，是完全应该的。这种学风同后来滋害流毒的"以论代史"的学风相差不可以道里计。然而，茫茫士林，难得解人，一些鼓其如簧之舌惑学人的所谓"学者"，骄纵跋扈，不禁令人浩叹矣。寅恪先生这种学风，影响了我的一生。后来到德国，读了吕德斯教授的书，并且受到了他的嫡传弟子瓦尔德施米特（Waldschmidt）教授的教导和熏陶，可谓三生有幸。可惜自己的学识瘠薄，又限于天赋，虽还不能说无所收获，但犹如细流比沧海，空怀仰止之心，徒增效颦之恨。这只怪我自己，怪不得别人。

总之，我在清华四年，读完了西洋文学系所有的必修课程，得到了一个学士头衔，现在回想起来，说一句不客气的话：我从这些课程中收获不大。欧洲著名的作家，什么莎士比亚、歌德、塞万提斯、莫里哀、但丁等等的著作都读过，连现在忽然时髦起来的《尤利西斯》和《追忆似水年华》等等也都读过，然而大都是浮光掠影，并不深入，给我留下深远影响的课反而是一门旁听课和一门选修课：前者就是在上面谈到寅恪先生的"佛经翻译文学"；后者是朱光潜先生的"文艺心理学"，也就是美学。关于后者，我在别的地方已经谈过，这里就不再赘述了。

在清华时，除了上课以外，同陈师的接触并不太多。我没到他家去过一次。有时候，在校内林荫道上，在熙来攘往的学生人流中，会见到陈师去上课，他身着长袍，朴素无华，腋下夹着一个布包，里面装满了讲课时用的书籍和资料。不认识他的人，恐怕大都把他看成是琉璃厂某一个书店的到清华来送书的老板，绝不会知道他就是名扬海内外的大学者。他同当时清华留洋归来的大多数西装革履、发光鉴人的教授,迥乎不同,在这一方面,他也给我留下了毕生难忘的印象,令我受益无穷。

离开了水木清华,我同寅恪先生有一个长期的别离。我在济南教了一年国文,就到了德国哥廷根大学。到了这里,我才开始学习梵文、巴利文和吐火罗文。在我一生治学的道路上,这是一个极为重要的转折点。我从此告别了歌德和莎士比亚,同释迦牟尼和弥勒佛打起交道来。不用说,这个转变来自寅恪先生的影响。真是无巧不成书,我的德国老师瓦尔德施米特教授同寅恪先生在柏林大学是同学,同为吕德斯教授的学生。这样一来,我的中德两位老师同出一个老师的门下。有人说:"名师出高徒。"我的老师和太老师们不可谓不"名"矣,可我这个徒却太不"高"了。忝列门墙,言之汗颜。但不管怎样说,这总算是中德学坛上的一个佳话吧。

我在哥廷根十年,正值二战,这是我一生精神上最痛然而在学术上收获却最丰富的十年。国家为外寇侵入,家人数年无消息,上有飞机轰炸,下无食品果腹,然而读书却无任何干扰。教授和学生多被征从军。偌大的两个研究所——印度学研究所和汉学研究所,都归我一个人掌管。插架数万册珍贵图书,任我翻阅。在汉学研究所深深的院落里,高大阴沉的书库中,在梵学研究所古老的研究室中,阒无一人。天上飞机的嗡嗡声与我腹中的饥肠辘辘声相应和。闭目则浮想联翩,神驰万里,看到我的国,看到我的家;张目则梵典在前，有许多疑难问题，需要我来发覆。我此时恍如遗世独立，苦欤？乐欤？我自己也回答不上来了。

经过了轰炸的炼狱，又经过了饥饿，到了1945年，在我来到哥廷根十年之后，我终于盼来了光明，东西法西斯垮台了。美国兵先攻占哥廷根，后为英国人来接管。此时，我得知寅恪先生在英国医目疾，连忙写了一封长信，向他汇报我十年来学习的情况，并将自己在哥廷根科学院院刊及其他刊物上发表的一些论文寄呈。出乎我意料地迅速，我得到了先生的复信，也是一封长信，他告诉我他的近况，并说不久将回国。信中最重要的事情是说，他想向北大校长胡适，代校长傅斯年，文学院院长汤用彤几位先生介绍我到北大任教。我真是喜出望外，谁听到能到最高学府去任教会不引以为荣呢？我于是立即回信，表示同意和感谢。

这一年深秋，我终于告别了住了整整十年的哥廷根，怀着"客树回望成故乡"的心情，一步三回首地到了瑞士。在这个山明水秀的世界公园里住了几个月。1946年春天，经过法国和越南的西贡，又经过香港，回到了上海。在克家的榻榻米上住了一段时间。从上海到南京，又睡到了长之的办公桌上。这时候，寅恪先生也已从英国回到了南京。我曾谒见先生于俞大维官邸中，谈了谈阔别十多年以来的详细情况。先生十分高兴，叮嘱我到鸡鸣寺下中央研究院去拜见北大代校长傅斯年先生，特别嘱咐我带上我用德文写的论文，可见先生对我爱护之深以及用心之细。

这一年的深秋，我从南京回到上海，乘轮船到了秦皇岛，又从秦皇岛乘火车回到了阔别十二年的北京（当时叫北平）。由于战争关系，津浦路早已不通，回北京只能走海路，从那里到北京的铁路由美国少爷兵把守，所以还能通车。到了北京以后，一片"落叶满长安"的悲凉气象。我先在沙滩红楼暂住，随即拜见汤用彤先生。按北大当时的规定，从海外得到了博士学位回国的人，只能任副教授，在清华叫作专任讲师，经过几年的时间，才能转向正教授。我当然不能例外，而且心悦诚服，没有半点非分之想。然而过了大约一周的光景，汤先生告诉我，我已被聘为正教授，兼东方语言文学系的系主任。这真是石破天惊，大大出我意料。我这个当一周副教授的纪录，大概也可以进入吉尼斯世界纪录吧？说自己不高兴，那是谎言，那是矫情。由此也可以看出老一辈学者对后辈的提携和爱护。

不记得是在什么时候，寅恪先生也来到北京，仍然住在清华园。我立即到清华去拜见。当时从北京城到清华是要费一些周折的，宛如一次短途旅行。沿途几十里路全是农田。秋天青纱帐起，还真有绿林人士拦路抢劫的，现在的年轻人很难想象了。但是，有寅恪先生在，我决不会惮于这样的旅行。在三年之内，我到清华园去过多次。我知道先生年老体弱，最喜欢当年住北京的天主教外国神甫亲手酿造的栅栏红葡萄酒。我曾到今天市委党校所在地当年神甫们的静修院的地下室中去买过几次栅栏红葡萄酒，又长途跋涉送到清华园，送到先生手中,心里颇觉安慰。几瓶酒在现在不算什么,但是在当时通货膨胀已经达到了钞票上每天加一个零还跟不上物价提升的速度的情况下,几瓶酒已非同小可了。

有一年的春天,中山公园的藤萝开满了紫色的花朵,累累垂垂,紫气弥漫,招来了众多的游人和蜜蜂。我们一群弟子们,记得有周一良、王永兴、汪篯等,知道先生爱花,现在虽患目疾,几近失明,但据先生自己说,有些东西还能影影绰绰看到一团影子。大片藤萝花的紫光,先生或还能看到,而且在那种兵荒马乱、物价飞涨、人命危浅、朝不虑夕的情况下,我们想请先生散一散心。征询先生的意见,他慨然应允。我们真是大喜过望,在来今雨轩藤萝深处,找到一个茶桌,侍先生观赏紫藤。先生显然兴致极高。我们谈笑风生,尽欢而散。我想,这也许是先生在那样的年头里最愉快的时刻。

还有一件事,也给我留下了毕生难忘的记忆。在新中国成立前夕,国民政府经济实已完全崩溃。从法币改为银圆券,又从银圆券改为金圆券,越改越乱,到了后来,到粮店买几斤粮食,携带的这币那券的重量有时要超过粮食本身。学术界的泰斗、德高望重的、被著名的史学家郑天挺先生称之为"教授的教授"的陈寅恪先生也不能例外。到了冬天,他连买煤取暖的钱都没有。我把这情况告诉了已经回国的北大校长胡适之先生。胡先生最尊重、最爱护确有成就的知识分子。当年他介绍王静安先生到清华国学研究院去任教,一时传为佳话。寅恪先生在《王观堂先生挽词》中有几句诗："鲁连黄鹞绩溪胡,独为神州惜大儒。学院遂闻传绝业,园林差喜适幽居。"讲的就是这一件事。现在却轮到适之先生再一次"独为神州惜大儒"了,而这个"大儒"不是别人,竟是寅恪先生本人。适之先生想赠予寅恪先生一笔数目颇大的美元,但是,寅恪先生却拒不接受。最后寅恪先生决定用卖掉藏书的办法来取得适之先生的美元。于是适之先生就派他自己的汽车——顺便说一句,当时北京汽车极为罕见,北大只有校长有一辆——让我到清华陈先生家装了一车关于佛教和中亚古代语言的极为珍贵的书。陈先生只收2000美元。这个数目在当时虽不算少,但同书比起来,还是微不足道的。在这一批书中,仅一部《圣彼得堡梵德大词典》市价就远远超过这个数目了。这一批书实际上带有捐赠的性质。而寅恪先生对于金钱的一介不取的狷介性格,由此也可见一斑了。

在这三年内,我同寅恪先生往来颇频繁。我写了一篇论文《浮屠与佛》,首先读给他听,想听听他的批评意见,不意竟得到他的赞赏。他把此文介绍给《中央研究院历史语言研究所集刊》发表。这个刊物在当时是最具权威性的刊物,这简直有点"一登龙门,身价十倍"的威风。我自然感到受宠若惊。庆幸我的结论并没有瞎说八道,几十年以后,我又写了一篇《再谈浮屠与佛》,用大量的新材料,重申前说,颇得到学界同行们的赞许。

在我同先生来往的几年中,我们当然会谈到很多话题。谈治学最多，政治也并非不谈，但极少。寅恪先生绝不是一个"闭门只读圣贤书"的书呆子，他继承了中国"士"的优良传统：天下兴亡，匹夫有责。从他的著作中也可以看出，他非常关心政治。他研究隋唐史，表面上似乎是满篇考证，其实骨子里谈的都是成败兴衰的政治问题，可惜难得解人。我们谈到当代学术，他当然会对每一个学者都有自己的看法，但是除了对一位明史专家外，他没有对任何人说贬低的话。对青年学人，只谈优点，一片爱护青年学者的热忱真令人肃然起敬。就连那一位由于误会而对他专门攻击，甚至说些难听的话的学者，陈师也从来没有说过半句褒贬的话。先生的盛德由此可见。鲁迅先生从来不攻击年轻人，差堪媲美。

时光如电，人事沧桑，转眼就到了1948年年底。解放军把北京城团团包围住，胡适校长从南京派来了专机，想接几个教授到南京去，有一个名单。名单上有名的人，大多数没有走，陈寅恪先生走了。到了南京以后，寅恪先生又辗转到了广州，从此留在那里没有动。他在台湾有很多亲友，动员他去台湾者，恐怕大有人在，然而他却岿然不为所动。其中详细情况我不得而知。我们国家许多领导人，包括周恩来、陈毅、陶铸等等，对陈师礼敬备至。他同陶铸和老革命家兼学者的杜国庠成了私交极深的朋友。

1951年，我奉命随中国文化代表团访问印度和缅甸，在广州停留了相当长的时间，准备将所有的重要发言稿都译为英文。我当然是不会放过这个机会的，我到岭南大学寅恪先生家中去拜谒，相见极欢，陈师母也殷勤招待。陈师此时目疾虽日益严重，但仍能看到眼前的白色的东西。有关领导，命人在先生楼前草地上铺了一条白色的路，路旁全是绿草，碧绿与雪白相映照，供先生散步之用。从这一件小事中，也可以看到我们国家对陈师尊敬之真诚了。陈师是极富于感情的人，他对此能无所感吗？

可是，从那以后，直到老师离开了人世，将近二十年中，我没能再见到他。现在我的年龄已经超过了他在世的年龄五年，算是寿登耄耋了。现在我时常翻读先生的诗文。每读一次，都觉得有新的收获。我明确意识到，我还未能登他的堂奥。哲人其萎，空余著述。我却是进取有心，请益无人，因此更增加了对他的怀念。我们虽非亲属，我却时有风木之悲。这恐怕也是非常自然的吧。

我已经到了望九之年，虽然看样子离为自己的生命画句号的时候还会有一段时间，现在还不能就做总结，但是，自己毕竟已经到了日薄西山、人命危浅之际，不想到这一点也是不可能的。我身历几个朝代，忍受过千辛万苦。现在只觉得身后的路漫长无边，眼前的路却是越来越短，已经是很有限了。我并没有倚老卖老，苟且偷安，然而我却明确地意识到，我成了一个"悲剧"人物。我的悲剧不在于我不想"不用扬鞭自奋蹄"，不想"老骥伏枥，志在千里"，而在于想"老骥伏枥，志在万里"。自己现在承担的或者被迫承担的工作，头绪繁多，五花八门，纷纭复杂，有时还矛盾重重，早已远远超过了自己的负荷量，超过了自己的年龄。这里面，有外在原因，但主要是内在原因。清夜扪心自问：自己患了老来疯了吗？你眼前还有一百年的寿命吗？可是，一到了白天，一接触实际，件件事情都想推掉，但是件件事情都推不掉，真仿佛京剧中的一句话：马行在夹道内，难以回马。此中滋味，只有自己一人能了解，实不足为外人道也。

在这样的情况下，我有时会情不自禁地回想自己的一生。自己究竟应该怎样来评价自己的一生呢？我虽遭逢过大大小小的灾难，但我仍然觉得自己是幸运的，自己赶上了许多意外的机遇。我只举一个小例子。自从盘古开天地，不知从哪里吹来了一股神风，吹出了知识分子这个特殊的族类。知识分子有很多特点。在经济和物质方面是一个"穷"字，自古已然，于今为烈。在精神方面，是考试多如牛毛，在这里也是自古已然，于今为烈。例子俯拾即是，不必多论。我自己考了一辈子，自小学、中学、大学，一直到留学，月有月考，季有季考，还有什么全国统考，考得一塌糊涂。可是我自己在上百场国内外的考试中，从来没有名落孙山，你能说这不是机遇好吗？

俗话说："一个篱笆三个桩，一个好汉三个帮。"如果没有人帮助，一个人或许会一事无成的。我也遇到了极幸运的机遇。生平帮过我的人无虑数百。要我举出人名的话，我首先要举出的，在国外有两个人：一个是我的博士论文导师瓦尔德施米特教授，另一个是教吐火罗语的老师西克教授。

在国内有四个人：一个是冯友兰先生，如果没有他同德国签订清华交换研究生的话，我根本到不了德国；一个是胡适之先生；一个是汤用彤先生，如果没有他和胡先生的提携的话，我根本来不到北大；最后但不是最少，是陈寅恪先生，如果没有他的影响的话，我不会走上现在走的这一条治学的道路，也同样是来不了北大的。至于他为什么不把我介绍给我的母校清华，而介绍给北大，我从来没有问过他，至今恐怕也是一个谜，我们不去谈它了。

我不是一个忘恩负义的人。我一向认为，感恩图报是做人的根本准则之一。但是，我对他们四位以及许许多多帮助过我的师友怎样"报"呢？专就寅恪先生而论，我只有努力学习他的著作，努力宣扬他的学术成就，努力帮助出版社把他的全集出全、出好。我深深地感激广州中山大学的校领导和历史系的领导，他们再三举办寅恪先生学术研讨会，包括国外学者在内，群贤毕至。中山大学还特别创办了陈寅恪纪念馆。所有这一切，我这个寅恪先生的弟子都看在眼中，感在心中，感到很大的慰藉。国内外研究陈寅恪先生的学者日益增多，先生的道德文章必将日益发扬光大，这是毫无问题的。这是我在垂暮之年所能得到的最大的愉快。

然而，我仍然有我个人的思想问题和感情问题。我现在是"后已见来者"，然而"前不见古人"，再也不会见到寅恪先生了。我心中感到无限的空寞，这个空寞是无论如何也填充不起来了。掷笔长叹，不禁老泪纵横矣。

站在胡适之先生墓前

我现在站在胡适之先生墓前。他虽已长眠地下，但是他那典型的"我的朋友"式的笑容，仍宛然在目。可我最后一次见到这个笑容，却已是五十年前的事了。

1948年12月中旬，北京大学建校五十周年的纪念日。此时，解放军已经包围了北平城，然而城内人心并不惶惶。北大同人和学生也并不惶惶；而且，不但不惶惶，在人们的内心中，有的非常殷切，有的还有点狐疑，都在期望着迎接解放军。适逢北大校庆大喜的日子，许多教授都满面春风，聚集在沙滩孑民堂中，举行庆典。记得作为校长的适之先生作了简短的讲话，他满面含笑，只有喜庆的内容，没有愁苦的调子。正在这个时候，城外忽然响起了隆隆的炮声。大家相互开玩笑说："解放军给北大放礼炮哩！"简短的仪式完毕后，适之先生就辞别了大家，登上飞机，飞往南京去了。我忽然想到了李后主的几句词："最是仓皇辞庙日，教坊犹奏别离歌，垂泪对宫娥。"我想改写一下，描绘当时适之先生的情景："最是仓皇辞校日，城外礼炮声隆隆，含笑辞友朋。"我哪里知道，我们这一次会面竟是最后一次。如果我当时意识到这一点的话,是含笑不起来的。

从此以后,我同适之先生便天各一方,分道扬镳,"世事两茫茫"了。听说,他离开北平后,曾从南京派来一架专机,点名接走几位老朋友,他亲自在南京机场恭候。飞机返回以后,机舱门开,他满怀希望地同老友会面。然而,除了一两位以外,其他他想接的人都没有在机舱。据说——只是据说——他当时大哭一场,心中的滋味恐怕真不足为外人道也。

适之先生在南京也没有能待多久,"百万雄师过大江"以后,他也逃往我国台湾。后来又到美国去住了几年,并不得志,往日的辉煌犹如春梦一场,不复存在。后来又回到我国台湾,最初也不为当局所礼重。往日"总统候选人"的迷梦,也只留下了一个话柄,日子过得并不顺心。后来,不知怎样一来,他被选为台湾"中央研究院"的院长,算是得到了应有的礼遇,过了几年舒适称心的日子。适之先生毕竟是一书生,一直迷恋于《水经注》的研究,如醉如痴,此时又得以从容继续下去。他的晚年可以说是差强人意的。可惜仁者不寿,猝死于宴席之间。死后哀荣备至。"中央研究院"为他建立了纪念馆,包括他生前的居室在内,并建立了胡适陵园,遗骨埋葬在院内的陵园。今天我们参拜的就是这个规模宏伟、极为壮观的陵园。

我现在站在适之先生墓前,鞠躬之后,悲从中来,内心思潮汹涌,如惊涛骇浪,眼泪自然流出。杜甫有诗:"焉知二十载,重上君子堂。"我现在是"焉知五十载,躬亲扫陵墓"。此时,我的心情也是不足为外人道也。

我自己已经到望九之年,距离适之先生所待的黄泉或者天堂乐园,只差几步之遥了。回忆自己八十多年的坎坷却顺利的一生,真如一部《二十四史》,不知从何处说起了。

积八十年之经验,我认为,一个人生在世间,如果想有所成就,必须具备三个条件:才能、勤奋、机遇。行行皆然,人人皆然,概莫能外。别的人先不说了,只谈我自己。关于才能一项,再自谦也不能说自己是白痴。但是,自己并不是什么天才,这一点自知之明,我还是有的。谈到勤奋,我自认还能差强人意,用不着有什么愧怍之感。但是,我把重点放在第三项上:机遇。如果我一生还能算得上有些微成就的话,主要是靠机遇。机遇的内涵是十分复杂的,我只谈其中恩师一项。韩愈说:"古之学者必有师。师者,所以传道受业解惑也。"根据老师这三项任务,老师对学生都是有恩的。然而,在我所知道的世界语言中,只有汉文把"恩"与"师"紧密地嵌在一起,成为一个不可分割的名词。这只能解释为中国人最懂得报师恩,为其他民族所望尘莫及。

我在学术研究方面的机遇,就是我一生碰到了六位对我有教导之恩或者知遇之恩的恩师,我不一定都听过他们的课,但是,只读他们的书也是一种教导。我在清华大学读书时,读过陈寅恪先生所有的已经发表的著作,旁听过他的"佛经翻译文学",从而种下了研究梵文和巴利文的种子。在当了或滥竽充数了一年国文教员之后，由于一个天上掉下来的机遇，我到了德国哥廷根大学。正在我入学后的第二个学期，瓦尔德施米特先生调到哥廷根大学任印度学的讲座教授。当我在教务处前看到他开基础梵文课的通告时，我喜极欲狂。"踏破铁鞋无觅处，得来全不费功夫。"难道这不是天赐的机遇吗？最初两个学期，选修梵文的只有我一个外国学生。然而教授仍然照教不误，而且备课充分，讲解细致，威仪俨然，一丝不苟。几乎是我一个学生垄断课堂，受益之大，自可想见。二战爆发，瓦尔德施米特先生被征从军。已经退休的原印度学讲座教授西克，虽已年逾八旬，但毅然又走上讲台，教的依然是我一个中国学生。西克先生不久就告诉我，他要把自己平生的绝招全传授给我，包括《梨俱吠陀》《大疏》《十王子传》，还有他费了二十年的时间才解读了的吐火罗文。在吐火罗文研究领域，他是世界权威。我并非天才，六七种外语早已塞满了我那渺小的脑袋瓜，我并不想再塞进吐火罗文。然而像我的祖父一般的西克先生，告诉我的是他的决定，一点征求意见的意思都没有。我唯一能走的道路就是：敬谨遵命。现在回忆起来，冬天大雪之后，在研究所上过课，天已近黄昏，积雪皑皑地拥满十里长街。雪厚路滑，天空阴暗，地闪雪光，路上阒静无人，我搀扶着老爷子，一步高，一步低，送他到家。我没有见过自己的祖父，那时我真觉得，我身边的老人就是我的祖父。他为了学术，不惜衰朽残年，不顾自己的健康，想把衣钵传给我这个异国青年。

此时我心中思绪翻腾，感激与温暖并在，担心与爱怜奔涌。我真不知道是置身何地了。

二战期间，我被困德国，一待就是十年。二战结束后，听说寅恪先生正在英国就医，我连忙给他写了一封致敬信，并附上发表在哥廷根科学院集刊上用德文写成的论文，向他汇报我十年学习的成绩。我很快就收到了他的回信，他问我愿不愿意到北大去任教。北大为全国最高学府，名扬全球，但是，门槛一向极高，等闲之辈难得进入。现在竟有一个天赐的机遇落到我头上来，我焉有不愿意之理！我立即回信同意。寅恪先生把我推荐给了当时北大校长胡适之先生，代理校长傅斯年先生，文学院院长汤用彤先生。寅恪先生在学术界有极高的声望，一言九鼎，北大三位领导立即接受。于是我这个三十多岁的毛头小伙子，在国内学术界尚籍籍无名，公然堂而皇之地走进了北大的大门。唐代中了进士，就"春风得意马蹄疾，一日看遍长安花"。我虽然没有一日看遍北平花，但是，身为北大正教授兼东方语言文学系主任，心中有点扬扬自得之感，不也是人之常情吗？

在此后的三年内，我在适之先生和汤用彤先生领导下学习和工作，度过了一段毕生难忘的岁月。我同适之先生，虽然学术辈分不同，社会地位悬殊，想来接触是不会太多的。但是，实际上却不然，我们见面的机会非常多。他那一间在孑民堂前东屋里的狭窄简陋的校长办公室，我几乎是常客。作为系主任，我要向校长请示汇报工作。他主编报纸上的一个学术副刊，我又是撰稿者，所以免不了也常谈学术问题。最难能可贵的是他待人亲切和蔼，见什么人都是笑容满面，对教授是这样，对职员是这样，对学生是这样，对工友也是这样。从来没见他摆当时颇为流行的名人架子、教授架子。此外，在教授会上，在北大文科研究所的导师会上，在北京图书馆的评议会上，我们也时常有见面的机会。我作为一个年轻的后辈，在他面前，绝没有什么局促之感，经常如坐春风中。

适之先生是非常懂得幽默的，他绝不老气横秋，而是活泼有趣。有一件小事，我至今难忘。有一次召开教授会，杨振声先生新收得了一幅名贵的古画，想为了让大家共同欣赏，他把画带到了会上，打开铺在一张极大的桌子上，大家都啧啧称赞。这时适之先生忽然站了起来，走到桌前，把画卷了起来，做纳入袖中状，引得满堂大笑，喜气洋洋。

这时候，印度总理尼赫鲁派印度著名学者师觉月博士来北大任访问教授，还派来了十几位印度男女学生来北大留学，这也算是中印两国间的一件大事。适之先生委托我照管印度老少学者。他多次会见他们，并设宴为他们接风。师觉月做第一次演讲时，适之先生出席，并用英文致欢迎词，讲中印历史上的友好关系，介绍师觉月的学术成就，可见他对此事之重视。

适之先生在美国留学时，忙于对西方，特别是对美国哲学与文化的学习，忙于钻研中国古代先秦的典籍，对印度文化以及佛教还没有进行过系统深入的研究。据说后来由于想写完《中国哲学史》，为了弥补自己的不足，开始认真研究中国佛教禅宗以及中印文化关系。我自己在德国留学时，忙于同梵文、巴利文、吐火罗文以及佛典拼命，没有余裕的精力来从事中印文化关系史的研究。回国以后，迫于没有书籍资料，在不得已的情况下，开始注意中印文化交流史的研究。在新中国成立前的三年中，只写过两篇比较像样的学术论文：一篇是《浮屠与佛》，一篇是《列子与佛典》。第一篇讲的问题正是适之先生同陈援庵先生争吵到面红耳赤的问题。我根据吐火罗文解决了这个问题。两老我都不敢得罪，只采取了一个骑墙的态度。我想适之先生不会没读到这一篇论文的。我只到清华园读给我的老师陈寅恪先生听。蒙他首肯，介绍给地位极高的《中央研究院历史语言研究所集刊》发表。第二篇文章，写成后我拿给了适之先生看，第二天他就给我写了一封信，信中说："《生经》一证，确凿之至！"可见他是连夜看完的。他承认了我的结论，这对我无疑是一个极大的鼓舞。这一次，我来到台湾，前几天，在大会上听到主席李亦园院士的讲话，中间他讲到，适之先生晚年任"中央研究院"院长时，在下午饮茶的时候，他经常同年轻的研究人员坐在一起聊天。有一次，他说做学问应该像北京大学的季羡林那样。我乍听之下，百感交集。适之先生这样说一定同上面两篇文章有关，也可能同我们分手后十几年中我写的一些文章有关。这说明，适之先生一直到晚年还关注着我的学术研究。知己之感,油然而生。在这样的情况下,我还可能有其他任何的感想吗?

适之先生以青年暴得大名,誉满士林。我觉得,他一生处在一个矛盾中,一个怪圈中:一方面是学术研究,一方面是政治活动和社会活动。他一生忙忙碌碌,倥偬奔波,作为一个"过河卒子",勇往直前。我不知道,他自己是否意识到身陷怪圈。当局者迷,旁观者清,我认为,这个怪圈确实存在,而且十分严重。那么,我对这个问题有什么看法呢?我觉得,不管适之先生自己如何定位,他一生毕竟是一个书生,说不好听一点,就是一个书呆子。我也举一件小事。有一次,在北京图书馆开评议会,会议开始时,适之先生匆匆赶到,首先声明,还有一个重要会议,他要早退席,会议开着开着就走了题,有人忽然谈到《水经注》。一听到《水经注》,适之先生立即精神抖擞,眉飞色舞,口若悬河。一直到散会,他也没有退席,而且兴致极高,大有挑灯夜战之势。从这样一个小例子中不也可以小中见大吗?

我在上面谈到了适之先生的许多德行,现在笼统称之为"优点"。我认为,其中最令我钦佩,最使我感动的却是他毕生奖掖后进。"平生不解藏人善,到处逢人说项斯。"他正是这样一个人。这样的例子是举不胜举的。中国是一个很奇怪的国家,一方面有我上面讲到的只此一家的"恩师",另一方面却又有老虎拜猫为师学艺,猫留下了爬树一招没教给老虎,幸免为徒弟吃掉的民间故事。二者显然是有点矛盾的。适之先生对青年人一向鼓励提携。20世纪40年代，他在美国哈佛大学遇到当时还是青年学者的周一良和杨联升等，对他们的天才和成就大为赞赏。后来周一良回到中国，倾向进步，参加革命，其结果是众所周知的。杨联升留在美国，在二三十年长的时间内，同适之先生通信论学，互相唱和，在学术成就上也是硕果累累，名扬海外。周的天才与功力，只能说是高于杨，虽然在学术上也有所表现，但是，格于形势，不免令人有未尽其才之感。看了二人的遭遇，难道我们能无动于衷吗？

我同适之先生在孑民堂庆祝会上分别，从此云天渺茫，天各一方，再没有能见面，也没有能互通音信。我现在谈一谈我的情况和大陆方面的情况。我同绝大多数的中老年知识分子和教师一样，怀着绝对虔诚的心情，向往光明，向往进步。改革开放以后，自己脑袋里才裂开了一条缝，"觉今是而昨非"，然而自己已快到耄耋之年，垂垂老矣，离鲁迅在《过客》一文中讲到的长满了百合花的地方不太远了。

至于适之先生，他离开北大后的情况，我在上面已稍有涉及。总起来说，我是不十分清楚的，也是我无法清楚的。到了1954年，从批判俞平伯先生的《红楼梦研究》的资产阶级唯心论起，批判之火终于烧到了适之先生身上。这是一场缺席批判。适之远在重洋之外，坐山观虎斗。即使被斗的是他自己，反正伤不了他一根毫毛，他乐得怡然观战。

适之先生于1962年猝然逝世，享年已经过了古稀，在中国历代学术史上,这已可以算是高龄了,但以今天的标准来衡量,似乎还应该活得更长一点。中国古称"仁者寿",但适之先生只能说是"仁者不寿"。当时在大陆"左"风犹狂,一般人大概认为胡适已经是被打倒在地的人,身上被踏上了一千只脚,永世不得翻身了。这样一个人的死去,有何值得大惊小怪!所以报刊上没有一点反应。我自己当然是被蒙在鼓里,毫无所知。十几二十年以后,我脑袋里开始透进点光的时候,我越想越不是滋味,曾写了一篇短文《为胡适说几句话》,我连"先生"二字都没有勇气加上,可是还有人劝我以不发表为宜。文章终于发表了,反应还差强人意,至少没有人来追查我,我心里一块石头落了地。最近几年来,改革开放之风吹绿了中华大地,知识分子的心态有了明显的转变。这种思想感情上的解放,大大地提高了他们的积极性,愿意为祖国的繁荣富强贡献自己的力量。出版界也奋起直追,出版了几部《胡适文集》。安徽教育出版社雄心最强,准备出版一部超过两千万字的《胡适全集》。我可是万万没有想到,主编这一非常重要的职位,出版社竟垂青于我。我本不是胡适研究专家,我诚惶诚恐,力辞不敢应允。但是出版社却说,现在北大曾经同适之先生共过事而过从又比较频繁的人,只剩下我一个人了。铁证如山,我只能"仰"(不是"俯")允了。我也想以此报知遇之恩于万一。我写了一篇长达一万七千字的总序,副标题是"还胡适以本来面目"。意思也不过是想拨乱反正,以正视听而已。前不久,又有人邀我在《学林往事》中写一篇关于适之先生的文章，理由同前，我也应允而且从台湾回来后抱病写完。这一篇文章的副标题是"毕竟一书生"。原因是前一个副标题说得太满，我哪里有能力还适之先生以本来面目呢？后一个副标题是说我对适之先生的看法，是比较实事求是的。

我在上面谈了一些琐事和非琐事，俱往矣，只留下了一些可贵的记忆。我可真是万万没有想到，到了望九之年，居然还能来到宝岛，这是以前连想都没敢想的事。到了台北市以后，才发现，五十年前在北平结识的老朋友，比如梁实秋、袁同礼、傅斯年、毛子水、姚从吾等等，全已作古。我真是"访旧半为鬼，惊呼热中肠"了。天地之悠悠是自然规律，是人力所无法抗御的。

我现在站在适之先生墓前，心中浮想联翩，上下五十年，纵横数千里，往事如云如烟，又历历如在目前。中国古代有俞伯牙在钟子期墓前摔琴的故事，又有许多在挚友墓前焚稿的故事。按照这个旧理，我应当把我那新出齐了的文集搬到适之先生墓前焚掉，算是向他汇报我毕生科学研究的成果。我此时虽思绪混乱，但神智还是清楚的，我没有这样做。我环顾陵园，只见石阶整洁，盘旋而上，陵墓极雄伟，上覆巨石，墓志铭为毛子水亲笔书写，墓后石墙上嵌有"德艺双隆"四个大字，连同墓志铭，都金光闪闪，炫人双目。我站在那里，蓦抬头，适之先生那有魅力的典型的"我的朋友"式的笑容，突然显现在眼前，五十年依稀缩为一刹那，历史仿佛没有移动。但是,一定神儿,忽然想到自己的年龄,历史毕竟是动了,可我一点也没有颓唐之感。我现在大有"老骥伏枥,志在万里"之感。我相信,有朝一日,我还会有机会重来宝岛,再一次站在适之先生的墓前。

1999年5月2日写毕

扫傅斯年先生墓

我们虽然算是小同乡,但我与孟真先生并不熟识,几乎是根本没有来往。原因是年龄有别,辈分不同。我于1930年到北平来上大学的时候,进的是清华大学。当时孟真先生已经是学者,是教育家,名满天下了。我只是一个无名小卒,不可能有认识的机会。

我记得,在我大学一年级或二年级时,不知是清华的哪一个团体组织了一次系列讲座,邀请一些著名的学者发表演说,其中就有孟真先生。时间是在晚上,地点是在三院的一间教室里。孟真先生西装笔挺,革履锃亮。讲演的内容,我已经完全忘记了,但是,他那把双手插在西装坎肩的口袋里的独特的姿势,却至今历历如在目前。

在以后一段长达十五六年的时间中,我同孟真先生互不相知,一没有相知的可能,二没有相知的必要,我们本来就是萍水相逢嘛。

然而天公却别有一番安排,我在德国待了十年以后,陈寅恪先生把我推荐给北京大学。1946年夏,我回国住在南京,适值寅恪先生也在南京,我曾去谒见。他让我带着我在德国发表的几篇论文,到鸡鸣寺下中央研究院去拜见当时的北大代校长傅斯年,我遵命而去。见了面,没有说上几句话,就告辞出来。我们第二次见面就是这样匆匆。

第二次世界大战期间,我被阻欧洲,大后方重庆和昆明等地的情况,我茫无所知。到了南京以后,才开始零零星星地听到大后方学术文化教育界的一些情况,涉及面非常广,当然也涉及傅孟真先生。他把山东人特有的直爽的性格——这种性格其他一些省份的人也具有的——发挥到淋漓尽致的水平。他所在的中央研究院当然是国民政府下属的一个机构,但是,他不但不加入国民党,而且专揭国民党的疮疤。他被选为地位很高的参政员,是所谓"社会贤达"的代表。他主持正义,直言不讳,被称为"傅大炮"。国民党的四大家族,在贪赃枉法方面,各有千秋,手段不同,殊途同归。其中以孔祥熙家族名声最坏。那一位"威"名远扬的孔二小姐,更是名闻遐迩,用飞机载狗逃难,而置难民于不顾。孟真先生不讲情面,不分场合,在光天化日之下,大庭广众之中,痛快淋漓地揭露孔家的丑事,引起了人民对孔家的憎恨。孟真先生成为"批孔"的专业户,口碑载道,颂声盈耳。

孟真先生的轶事很多,我只能根据传说讲上几件。他在南京时,开始任中央研究院历史语言研究所所长。他待人宽厚,而要求极严。当时有一位广东籍的研究员,此人脾气古怪,双耳重听,形单影只,不大与人往来,但读书颇多,著述极丰。每天到所,用铅笔在稿纸上写上两千字,便以为完成了任务，可以交卷了，于是悄然离所，打道回府。他所爱极广，隋唐史和黄河史，都有著述，洋洋数十万言，对历史地理特感兴趣，尤嗜对音。他不但不通梵文，看样子连印度天城体字母都不认识。在他手中，字母仿佛成了积木，可以任意挪动。放在前面，与对音不合，就改放在后面。这样产生出来的对音，有时极为荒诞离奇，那就在所难免了。但是，这位老先生自我感觉极为良好，别人也无可奈何。有一次，他在所里做了一个学术报告，说《史记》中的"禁不得祠明星出西方"的"不得"二字是"Buddha"（佛陀）的对音，佛教在秦代已输入中国了。实际上，"禁不得"这样的字眼儿在汉代是通用的。老先生不知怎样一时糊涂，提出了这样的意见。在他以前，一位颇负盛名的日本汉学家藤田丰八已有此说，老先生不一定看到过，孤明独发，闹出了笑话。不意此时远在美国的孟真先生听到了这个消息，大为震怒，打电话给所里，要这位老先生检讨，否则就"炒鱿鱼"。老先生不肯，于是便卷铺盖离开了史语所，老死不明真相。

但是，孟真先生是异常重视人才的，特别是年轻的优秀人才。他奖励扶掖，不遗余力。他心中有一张年轻有为的学者的名单，对于这一些人，他尽力提供或创造条件，让他们能安心研究，帮助他们出国留学，学成回国后仍来所里工作。他还尽力延揽著名学者，礼遇有加。他创办的《中央研究院历史语言研究所集刊》，在几十年内都是国内外最有权威的人文社会科学的刊物。一登龙门，身价十倍，能在上面发表文章，是十分光荣的事。这个刊物至今仍在继续刊行，旧的部分有人多方搜求，甚至影印，为20世纪中国学术界所仅见。

孟真先生有其金刚怒目的一面，也有其菩萨慈眉的一面。当年在大后方昆明，西南联大的教师和中央研究院史语所的研究员有时住在同一所宿舍里。在靛花巷宿舍里，陈寅恪先生住在楼上，一些年纪比较轻的教员和研究员住在楼下。有一天晚上，孟真先生和一些年轻学者在楼下屋子里闲谈，说到得意处，忍不住纵声大笑。他们乐以忘忧，兴会淋漓，忘记了时光的流逝。猛然间，楼上发出手杖捣地板的声音。孟真先生轻声说："楼上的老先生发火了。""老先生"指的当然就是寅恪先生。从此就有人说，傅斯年谁都不怕，连蒋介石也不放在眼中，唯独怕陈寅恪。我想，在这里，这个"怕"字不妥，改为"尊敬"就更好了。

这一次，我由于一个不期而遇的机会，来到了台北市，又听到了一些孟真先生的轶事。原来他离开大陆后，来到了祖国宝岛台湾，仍然担任"中央研究院"史语所所长，同时兼任台湾大学的校长。他这一位"大炮"大概仍然是炮声隆隆。据说有一次蒋介石对自己的亲信说："那里（指台大）的事，我们管不了！"可见孟真先生仍然保留着他那一副刚正不阿的铮铮铁骨，他真正继承了中国历代知识分子最优秀的传统。

根据我上面的琐碎的回忆，我对孟真先生是见得少，听得多。我同他最重要的一次接触，就是我进北大时，他正是代校长，是他把我引进北大来的。据说——又是据说——他代表胡适之先生接管北大。当时日本侵略者刚刚投降，北大，正确说是"伪北大"，教员可以说是为日本服务的，但是每个人情况又各有不同：有少数人认贼作父，觍颜事仇，丧尽了国格和人格；大多数则是不得已而为之。二者应该区别对待。孟真先生说，适之先生为人厚道，经不起别人的恳求与劝说，可能良莠不分，一律留下在北大任教。这个"坏人"必须他做。他于是大刀阔斧，不留情面，把问题严重的教授一律解聘，他说这是为适之先生扫清道路，清除垃圾，还北大一片净土，让他的老师胡适之先生怡然、安然地打道回校。我就是在这样一个关键时刻到北大来的。我对孟真先生有知遇之感，难道不是很自然的吗？

这一次我们三个北大人来到了台湾。宝岛台湾有清华分校，为什么独独没有北大分校呢？有人说，傅斯年担任校长的台湾大学就是北大分校。这个说法被认为是完全正确的。我们三个人中，除我以外，他们俩既没有见过胡适之，也没有见过傅孟真。但是，胡、傅两位毕竟是北大的老校长，我们不远千里而来，为他们二位扫墓，也完全是合情合理的。我们谨将鲜花一束放在墓穴上，用以寄托我们的哀思。我在孟真先生墓前行礼的时候，心里想了很多很多。两岸人民有手足之情，人为地被迫分开了五十多年，难道现在和好统一的时机还没有到吗？本是同根生，见面却如参与商，一定要先到香港才能再飞台湾。这样人为的悲剧难道还不应该结束吗？北大与台大难道还不应该统一起来吗？我希望，我们下一次再来扫孟真先生墓时，这一出人间悲剧能够结束。

1999 年 5 月 5 日

吴宓（雨僧）先生

吴宓（雨僧）先生逝世十二年后，他的亲属和弟子们会于陕西西安和泾阳，隆重举行"吴宓先生诞辰95周年纪念大会暨国际学术讨论会"。作为他的及门弟子，我虽然没能躬与盛会，但是衷心感慰激动，非可言宣。被污蔑、被诽谤只能是暂时的，而被推崇、被怀念则是永恒的。历史上不乏先例。

将近六十年前，我在清华大学外国语言文学系读书时，听过雨僧先生两门课"英国浪漫诗人"和"中西诗之比较"。当时他主编天津《大公报·文学副刊》，我忝列撰稿人名单中，写过一些书评之类的文章，因此同他接触比较多。工字厅"藤影荷声之馆"也留下了我的足迹。当时我和我的同学们对雨僧先生的态度是矛盾的：一方面，我们觉得他可亲可敬，为人正派，表里如一，没有当时大学教授们通常有的那种所谓"教授架子"，因而对他极有好感；但是另一方面，我们对他非常不了解，认为他是一个怪人，古貌古心，不随时流，又在搞恋爱，大写其诗，并把自己写的《空轩十二首》在课堂上发给同学们，从而成为学生小报的嘲笑对象。我们对他最不了解的是他对当时新文学运动的态度。我们这一群年轻学生,无一不崇拜新派,厌恶旧派。所谓"新派",指的是胡适、陈独秀、鲁迅等文坛上的著名人物。所谓"旧派",则指的是以雨僧先生为首的"学衡派"。我们总认为学衡派保守复古,开历史倒车。实际上,我们对新派的主张了解得比较多,对旧派的主张则可以说没有了解,有时还不屑一顾。这种偏见在我脑海里保留了将近六十年。一直到这一次学术讨论会召开,我读了大会的综合报道和几篇论文,才憬然顿悟:原来是自己错了。

五四运动,其功绝不可泯。但是某些人的某些主张有些过激,不够全面,也是事实,而且是不可避免的……

雨僧先生当时挺身而出,反对这种偏颇,有什么不对?他热爱祖国,热爱祖国文化,但并不拒绝吸收外国文化的精华。只因他从来不会见风使舵,因而被不明真相者或所见不广者视为顽固,视为逆历史潮流而动,这真是天大的冤枉。

而我作为雨僧先生的学生又景仰先生为人者,竟也参加到这个行列里来,说来实在惭愧。如果只有我一个人这样一时糊涂,倒也罢了。据我所知,当时几乎所有的年轻人都同我一样,这就非同小可了。如果没有这一次纪念会,我这愚蠢的想法必然还会继续下去。现在,我一方面感谢这一次纪念会给了我当头一棒,另一方面又痛感对不起我的老师。我们都应该对雨僧先生重新认识,肃清愚蠢,张皇智慧,这就是我的愿望。我希望这次纪念会是一个良好的开端,对雨僧先生我们还要继续研究，深入研究，大大地发扬他那颗热爱祖国，热爱人民，热爱祖国文化的拳拳赤子之心，永远纪念他，永远学习他。

我感谢李赋宁教授和蔡恒教授要我写这一篇序，我因而得到机会，彻底纠正我对雨僧先生的一些不正确的看法。

1990 年 9 月 23 日

我记忆中的
老舍先生

老舍先生含冤逝世已经二十多年了。在这一段相当长的时间内,我经常想到他,想到的次数远远超过我认识他以后直至他逝世的三十多年期间。每次想到他,我都悲从中来。我悲的是中国失去了一个热爱祖国、热爱人民的正直的大作家,我自己失去了一位从年龄上来看算是师辈的和蔼可亲的老友。目前,我自己已经到了晚年,我的内心再也承受不住这一份悲痛,我也不愿意把它带着离开人间。我知道,原始人是颇为相信文字的神秘力量的,我从来没有这样相信过。但是,我现在宁愿做一个原始人,把我的悲痛和怀念转变成文字,也许这悲痛就能突然消逝掉,还我心灵的宁静,岂不是天大的好事吗?

我从高中时代起,就读老舍先生的著作,什么《老张的哲学》《赵子曰》《二马》,我都读过。到了大学以后,以及离开大学以后,只要他有新作出版,我一定先睹为快,什么《离婚》《骆驼祥子》等等,我都认真读过。最初,由于水平的限制,他的著作我不敢说全都理解。可是我总觉得,他同别的作家不一样。他的语言生动幽默,是地道的北京话,间或也夹上一点儿山东俗语。他没有一些作家那种忸怩作态让人读了感到浑身难受的非常别扭的文体，而有一种新鲜活泼的力量跳动在字里行间。他的幽默也同林语堂之流的那种着意为之的幽默不同。总之，老舍先生成了我毕生喜爱的作家之一，我对他怀有崇高的敬意。

但是，我认识老舍先生却完全出于一个偶然的机会。20世纪30年代初，我离开了高中，到清华大学来念书。当时老舍先生正在济南齐鲁大学教书。济南是我的老家，每年暑假我都回去。李长之是济南人，他是我的唯一的一个小学、中学、大学三连贯的同学。有一年暑假，他告诉我，他要在家里请老舍先生吃饭，要我作陪。在旧社会，大学教授架子一般都非常大，他们与大学生之间宛然是两个阶级。要我陪大学教授吃饭，我真有点儿受宠若惊。及至见到老舍先生，他却全然不是我心目中想象的那种大学教授。他谈吐自然，蔼然可亲，一点儿架子也没有，特别是他那一口地道的京腔，铿锵有致，听他说话，简直就像听音乐，是一种享受。从那以后，我们就算是认识了。

以后是激烈动荡的几十年。我从大学毕业以后，在济南高中教了一年国文，就到欧洲去了，一住就是十一年。中国胜利了，我才回来，在南京住了一个暑假。夜里睡在编译馆长之的办公桌上；白天没有地方待，就到处云游，什么台城、玄武湖、莫愁湖等等，我游了一个遍。老舍先生好像同编译馆有什么联系，我常从长之口中听到他的名字，但是没有见过面。到了秋天，我也就离开了南京，乘轮船绕道秦皇岛，来到北平。

以后又是更为激烈震荡的三年，用美式装备武装到牙齿的国民党反动派军队被彻底消灭。蒋介石一小撮逃到台湾去了。中国人民苦斗了一百多年，终于迎来了大陆解放的春天。我们这一群知识分子都亲身感受到，我们确实已经站起来了。就在这样的情况下，我在当时北平又见到了老舍先生，距第一次见面已经有二十多年了。

我现在已经记不清楚我们重逢时的情景，但是我却清晰地记得起20世纪50年代初期召开的一次汉语规范化会议时的情景。当时语言学界的知名人士以及曲艺界的名人都被邀请参加，其中有侯宝林、马增芬姊妹等等。老舍先生、叶圣陶先生、罗常培先生、吕叔湘先生、黎锦熙先生等等都参加了。这是新中国成立后语言学界的第一次盛会，大家的兴致都很高，会上的气氛也十分亲切融洽。

有一天中午，老舍先生忽然建议，要请大家吃一顿地道的北京饭。大家都知道，老舍先生是地道的北京人，他讲的地道的北京饭一定会是非常地道的，于是大家都欣然答应。老舍先生对北京人民生活之熟悉，是众所周知的。有人戏称他为"北京土地爷"。他结交的朋友，三教九流都有。他能一个人坐在大酒缸旁，同洋车夫、旧警察等旧社会的下等人开怀畅饮，亲密无间，宛如亲朋旧友，谁也感觉不到他是大作家、名教授、留洋的学士。能做到这一步的，并世作家中没有第二人。这样一位老北京想请大家吃北京饭,大家的兴致哪能不高涨起来呢?商议的结果是到西四砂锅居去吃白煮肉,当然是老舍先生做东。他同饭馆的经理一直到小伙计都是好朋友,因此饭菜极佳,服务周到。大家尽兴地饱餐了一顿。虽然是一顿简单的饭,但是却令人毕生难忘。当时参加宴会今天还健在的叶老、吕先生大概还都记得这一顿饭吧。

还有一件小事,也必须在这里提一提。忘记了是哪一年了,反正我还住在城里翠花胡同,没有搬出城外。有一天,我到东安市场北门对门的一家著名的理发馆里去理发,猛然瞥见老舍先生也在那里,他正躺在椅子上,下巴上白糊糊的一团肥皂泡沫,他正让理发师刮脸。这不是谈话的好时机,只寒暄了几句,就什么也不说了。等我坐在椅子上时,从镜子里看到他跟我打招呼,告别,看到他的身影走出门去。我理完发要付钱时,理发师说老舍先生已经替我付过了。这样芝麻绿豆的小事殊不足以见老舍先生的精神,但是难道也不足以见他这种细心体贴人的心情吗?

老舍先生的道德文章,光如日月,巍如山斗,用不着我来细加评论,我也没有那个能力。我现在写的都是一些小事,然而小中见大,于琐细中见精神,于平凡中见伟大,尝鼎一脔,不也能反映出老舍先生整个人格吗?

中国有一句俗话:好死不如赖活着。这一句话道出了一个真理。一个人除非万不得已,绝不会自己抛掉自己的生命。印度梵文中"死"这个动词,变化形式同被动态一样。

我一直觉得非常有趣，非常有意思。印度古代语法学家深通人情，才创造出这样一个形式。死几乎都是被动的。有几个人主动地去死呢？老舍先生走上自沉这一条道路，必有其不得已之处。有人说，人在临死前总会想到许多许多东西的，他会想到自己的一生。可惜我还没有这个经验，只能在这里胡思乱想。当老舍先生徘徊在湖水岸边决心自沉时，他会想到自己的一生吧！这一生是忠诚于祖国、忠诚于人民的一生……我猜想，老舍先生绝不会埋怨自己的祖国母亲，祖国母亲永远是可爱的，在任何情况下都是可爱的。他也绝不会后悔回来的。但是，他确实有一些问题难以理解，他只有横下一条心，一死了之。这样的问题，我们今天又有谁能够理解呢？我想，老舍先生还会想到自己院子里种的柿子树和菊花。他当然也会想到自己的亲人，想到自己的朋友。所有这一些都是十分美好可爱的。对于这一些，难道他就一点儿也不留恋吗？绝不会的，绝不会的。但是，有一种东西梗在他的心中，像大毒蛇缠住了他，他只能纵身一跳，投入波心，让弥漫的湖水给自己带来解脱了。

两千多年以前，屈原自沉于汨罗江。他行吟泽畔，心里想的恐怕同老舍先生有类似之处吧？他想到：蝉翼为重，千钧为轻；黄钟毁弃，瓦釜雷鸣。他又想到：世人皆浊我独清，众人皆醉我独醒。难道老舍先生也这样想过吗？这样的问题，有谁能够答复我呢？恐怕到了地球末日也没有人能答复了。我在泪眼模糊中，看到老舍先生戴着眼镜，在和蔼地对我笑着；我耳朵里仿佛听到了他那铿锵有节奏的北京话。我浑身颤抖，连灵魂也在剧烈地震动。

呜呼！我欲说无言。

1987年10月1日晨

回忆
梁实秋先生

我认识梁实秋先生，同他来往前后也不过两三年，时间是很短的，但是，他留给我的回忆却是很长很长的。分别之后，到现在已经四十年了，我仍然时常想到他。

1946年夏天，我在离开了祖国十一年之后，受尽了千辛万苦，又回到了祖国怀抱，到了南京。当时刚刚打败了日本侵略者，国民党的劫收大员正在全国满天飞，搜刮金银财宝，兴高采烈。我这一介书生，无条无理，手里没有几个钱，北京大学还没有开学，拿不到工资，住不起旅馆，只好借住在我小学同学李长之在编译馆的办公室内。他们白天办公，我就出去游荡，晚上回来，睡在办公桌上。早晨一起床，赶快离开。编译馆地处台城下面，我多半在台城上云游。什么鸡鸣寺、胭脂井，我几乎天天都到。再走远一点，出城就到了玄武湖。山光水色，风物怡人，但是我并没有多少闲情逸致观赏风景。我的处境颇像旧戏中的秦琼，我心里琢磨的是怎样卖掉黄骠马。

我这样天天游荡，梦想有朝一日自己能安定下来，有一间房子，有一张书桌。别的奢望，一点没有。我在台城上面看到郁郁葱葱的古柳，心头不由得涌出了古人的诗：

> 江雨霏霏江草齐，
> 六朝如梦鸟空啼。
> 无情最是台城柳，
> 依旧烟笼十里堤。

这里讲的仅仅是六朝。从六朝到现在，又不知道有多少朝多少代过去了。古柳依然是葱茏繁茂，改朝换代并没有影响它们的情绪。今天我站在古柳面前，一点也没有觉得它们无情，我觉得它们有情得很。我天天在六月的炎阳下奔波游荡，只有在台城古柳的浓荫下才能获得片刻的清凉，让我能够坐下来稍憩一会儿。我难道不该感激这些古柳而还说三道四吗？

又过了一些时候，有一天长之告诉我，梁实秋先生全家从重庆复员回到南京了，梁先生也在编译馆工作。我听了喜出望外。我不认识梁先生，论资排辈，他大我十几岁，应该算是我的老师。他的文章我在清华大学读书时就读过不少，很欣赏他的文才，对他潜怀崇敬之情。万万没有想到竟在南京能够见到他。见面之后，立刻为他的人品和谈吐倾倒。没有经过什么繁文缛节，我们成了朋友。我记得，他曾在一家大饭店里宴请过我。梁夫人和三个孩子——文茜、文蔷、文骐，都见到了。那天饭菜十分精美，交谈更是异常愉快，给我留下了深刻的印象,至今忆念难忘。我自谓尚非馋嘴之辈,可为什么独独对酒宴记得这样清楚呢?难道自己也属于饕餮大王之列吗?这真叫作没有法子。

新中国成立前夕,实秋先生离开了北平,到了台湾,文茜和文骐留下没有走。在那个时代,有人把这一件事看得大得不得了。现在看来,也没有什么了不起的。一个人相信马克思主义,这当然很好,这说明他进步。一个人不相信,或者暂时不相信,他也完全有自由,这也绝非反革命。

至于说梁实秋同鲁迅有过一些争论,这是事实。是非曲直,暂作别论。我们今天反对对任何人搞"凡是",对鲁迅也不例外。鲁迅是一个伟大人物,这谁也否认不掉,但不能说凡是鲁迅说的都是正确的。今天,事实已经证明,鲁迅也有一些话是不正确的,是形而上学的,是有偏见的。难道因为他对梁实秋有过批评意见,梁实秋这个人就应该被永远打入十八层地狱吗?

实秋先生活到耄耋之年。他的学术文章,功在人民,海峡两岸有目共睹,谁也不会有什么异辞。我想特别提出一点来说一说。他到了老年,同胡适先生一样,并没有留恋异国,而是回到台湾定居。这充分说明他是热爱我们祖国大地的。至于他的为人毫无架子,像对我和李长之这样年轻一代的人,竟也平等对待,态度真诚和蔼,更令人难忘。这种作风即使不是绝无仅有,也总算是难能可贵。对我们今天已经成为前辈的人,不是很有教育意义吗?

去年，他的女儿文茜和文蔷奉父命专门来看我。我非常感动，知道他还没有忘掉我。这勾引起我回忆往事。回忆虽然如云如烟，但是感情却是非常真实的。我原期望还能在大陆见他一面，不意他竟然仙逝。我非常悲痛，想写点什么，终未果。去年，他的夫人从台湾来北京举行追思会，我正在南京开会，没能亲临参加，只能眼望台城，临风凭吊。我对他的回忆将永远保留在我的心中，直至我不能回忆为止。我的这一篇短文，他当然无法看到了。但是，我仿佛觉得，而且痴情地希望他能看到。四十年音问未通，这是仅有的一次，也是最后一次通音问了。悲夫！

1988 年 3 月 26 日

悼念
沈从文先生

去年有一天,老友肖离打电话告诉我,从文先生病危,已经准备好了后事。我听了大吃一惊,悲从中来。一时心血来潮,提笔写了一篇悼念文章,自诩为倚马可待,情文并茂。然而,过了几天,肖离又告诉我说,从文先生已经脱险回家。我心里一块石头落了地,又窃笑自己太性急,人还没去,就写悼文,实在非常可笑。我把那一篇"杰作"往旁边一丢,从心头抹去了那一件事,稿子也沉入书山稿海之中,从此"云深不知处"了。

到了今年,从文先生真正去世了。我本应该写点什么的,可是,由于有了上述一段公案,懒于再动笔,一直拖到今天。同时我注意到,像沈先生这样一个人,悼念文章竟如此之少,有点不太正常,我也有点不平。考虑再三,还是自己披挂上马吧。

我认识沈先生已经五十多年了。当我还是一个大学生的时候,我就喜欢读他的作品。我觉得,在所有的并世的作家中,文章有独立风格的人并不多见。除了鲁迅先生之外,就是从文先生。他的作品,只要读上几行,立刻就能辨认出来,绝不含糊。他出身于湘西一个破落小官僚家庭，年轻时当过兵，没有受过多少正规的教育，他完全是自学成家。湘西那一片有点神秘的土地，其怪异的风土人情，通过沈先生的笔而大白于天下。湘西如果没有像沈先生这样的大作家和像黄永玉先生这样的大画家，恐怕一直到今天还是一片充满神秘的没有人了解的土地。

我同沈先生打交道，是通过一件不大不小的事情。丁玲的《母亲》出版以后，我读了觉得有一些意见要说，于是写了一篇书评，刊登在郑振铎、靳以主编的《文学季刊》创刊号上。刊出以后，我听说，沈先生有一些意见。我于是立即写了一封信给他，同时请郑先生在《文学季刊》创刊号再版时，把我那一篇书评抽掉。也许就由于这一个不能算是太愉快的因缘，我们就认识了。我当时是一个穷学生，沈先生是著名的作家。社会地位，虽不能说如云泥之隔，但毕竟差一大截子。可是他一点名作家的架子也不摆，这使我非常感动。他同张兆和女士结婚，在北京前门外大栅栏撷英番菜馆设盛大宴席，我居然也被邀请。当时出席的名流如云。证婚人好像是胡适之先生。

从那以后，有很长的时间，我们并没有多少接触。我到欧洲去住了将近十一年。他在抗日烽火中在昆明住了很久，在西南联大任国文系教授。彼此音问断绝，他的作品我也读不到了。但是，有时候，不知是出于什么原因，我在饥肠辘辘、机声嗡嗡中，竟会想到他。我还是非常怀念这一位可爱、可敬、淳朴、奇特的作家。

一直到1946年夏天,我回到祖国。这一年的深秋,我终于回到了别离了十几年的北平。从文先生也于此时从云南复员来到北大,我们同在一个学校任职。当时我住在翠花胡同,他住在中老胡同,都离学校不远,因此我们也相距很近,见面的次数就多了起来。他曾请我吃过一顿相当别致、毕生难忘的饭——云南有名的汽锅鸡。锅是他从昆明带回来的,外表看上去像宜兴紫砂,上面雕刻着花卉书法,古色古香,虽系厨房用品,然却古朴高雅,简直可以成为案头清供,与商鼎周彝斗艳争辉。

就在这一次吃饭时,有一件小事给我留下了深刻的印象。当时要解开一个用麻绳捆得紧紧的什么东西。只需用剪子或小刀轻轻地一剪一割,就能开开。然而从文先生却抢了过去,硬是用牙把麻绳咬断。这一个小小的举动,有点粗劲,有点蛮劲,有点野劲,有点土劲,并不高雅,并不优美。然而,它却完全透露了沈先生的个性。在达官贵人、高等华人眼中,这简直非常可笑,非常可鄙。可是,我欣赏的却正是这一种劲头。我自己也许就是这样一个"土包子",同那一些只会吃西餐、穿西装、半句洋话也不会讲偏又自认为是"洋包子"的人比起来,我并不觉得低他们一等。不是有一些人也认为沈先生是"土包子"吗?

还有一件小事,也使我忆念难忘。有一次我们到什么地方去游逛,可能是中山公园之类。我们要了一壶茶,我正要拿起壶来倒茶，沈先生连忙抢了过去，先斟出了一杯，又倒入壶中，说只有这样才能把茶味调得均匀。这当然是一件微不足道的小事，然而在琐细中不是更能看到沈先生的精神吗？

小事过后，来了一件大事：我们共同经历了北平的解放。在这个关键时刻，我并没有听说从文先生有逃跑的打算。他的心情也是激动的，虽然他并不故作革命状，以达到某种目的，他仍然是朴素如常，但是厄运还是降临到他头上来。一个著名的马列主义文艺理论家，在香港出版的一个进步的文艺刊物上，发表了一篇长文，题目大概是什么《文坛一瞥》之类，前面有一段相当长的修饰语。这一位理论家视觉似乎特别发达，他在文坛上看出了许多颜色。他"一瞥"之下，就把沈先生"瞥"成了粉红色的小生。我没有资格对这一篇文章发表意见。但是，沈先生好像当头挨了一棒，从此被"瞥"下了文坛，销声匿迹，再也不写小说了。

一个惯于舞笔弄墨的人，一旦被剥夺了写作的权利，他心里是什么滋味，我说不清，他有什么苦恼，我也说不清。然而，沈先生并没有因此而消沉下去。文学作品不能写，还可以干别的事嘛。他是一个精力旺盛的人，他是一个闲不住的人，他转而研究起中国古代的文物来，什么古纸、古代刺绣、古代衣饰等等，他都研究。凭了他那一股惊人的钻研的动力，过了没有多久，他就在新开发的领域内取得了可喜的成绩。他那一本讲中国服饰史的书，出版以后，洛阳纸贵，受到国内外一致的高度的赞扬，他成了这方面权威。他自己也写章草，又成了一个书法家。

有点讽刺意味的是，正当他手中的写小说的笔被"瞥"掉的时候，从国外沸沸扬扬传来了消息，说国外一些人士想推选他做诺贝尔文学奖的候选人。我在这里着重声明一句：我们国内有一些人特别迷信诺贝尔奖，迷信的劲头非常可笑。试拿我们中国没有得奖的那几位文学巨匠同已经得奖的欧美的一些作家来比一比，其差距简直有如高山与小丘。同此辈争一日之长，有这个必要吗？推选沈先生当候选人的事是否进行过，我不得而知。沈先生怎样想，我也不得而知。我在这里提起这一件事，只不过把它当作沈先生一生中一个小小的插曲而已。

我曾在几篇文章中都讲到，我有一个很大的缺点（优点？），我不喜欢拜访人。有很多可尊敬的师友，比如我的老师朱光潜先生、董秋芳先生等等，我对他们非常敬佩，但在他们健在时，我很少去拜访。对沈先生也一样，偶尔在什么会上，甚至在公共汽车上相遇，我感到非常亲切，他好像也有同样的感情。他依然是那样温良、淳朴，时代的风风雨雨在他身上，似乎没有留下什么痕迹，说白了就是没有留下伤痕。一谈到中国古代科技、艺术等等，他就喜形于色，眉飞色舞，娓娓而谈，如数家珍，天真得像一个大孩子。这更增加了我对他的敬意。我心里曾几次动过念头：去看一看这一位可爱的老人吧！然而，我始终没有行动。现在人天隔绝，想见面再也不可能了。

有生必有死，这是大自然的规律。我知道，这个规律是违抗不得的，我也从来没有想去违抗。古代许多圣君贤相，聪明一时，糊涂一世，想方设法去与这个规律对抗，妄想什么长生不老，结果却事与愿违，空留下一场笑话。这一点我很清楚。但是，生离死别我又不能无动于衷。古人云："太上忘情。"我是一个微不足道的凡人，无论如何也做不到忘情的地步，只有把自己钉在感情的十字架上了。我自谓身体尚颇硬朗，并不服老。然而，曾几何时，宛如黄粱一梦，自己已接近耄耋之年。许多可敬可爱的师友相继离我而去。此情此景，焉能忘情？现在从文先生也加入了去者的行列。他一生安贫乐道，淡泊宁静，死而无憾矣。但对我来说，忧思却着实难以排遣。像他这样一个有特殊风格的人，现在很难找到了。我只觉得大地茫茫，顿生凄凉之感。我没有别的本领，只能把自己的忧思从心头移到纸上，如此而已。

1988年11月2日
写于香港中文大学会友楼

悼巴老

巴金老人离开我们,走了,永远永远地走了。此事本在意内,因为他因病卧床不起有年矣。但又极出意料,因为只要他还有一口气活着,一盏明灯就会照亮中国的文坛,鼓励人们前进,鼓励人们向上。

论资排辈,巴老是我的师辈,同我的老师郑振铎是一辈人。我在清华读书时,就已经读过他的作品,并且认识了他本人。当时,他是一个大作家,我是一个穷学生。然而他却一点架子都没有,不多言多语,给人一个老实巴交的印象,这更引起了我的敬重。

我觉得,一个作家最重要的品德是爱祖国,爱人民,爱人类。在这"三爱"的基础上,那些皇皇巨著才能有益于人,无愧于己。

巴老一生创作了大量的作品,在国内外广泛流传。特别是他晚年那些随笔,爱国爱民的激情,炽燃心中,而笔锋又足以力透纸背,更引起了广泛的注意和反响。

巴老!你永远永远地走了。你的作品和人格却会永远永远地留下来。在学习你的作品时,有一个人绝不会掉队,这就是九十五岁的季羡林。

叁 —— 师恩情难忘

忆恩师
董秋芳先生

恩师董秋芳（冬芬）先生离开我们已经颇有些年头了。我自己到了今天已届耄耋之年，然而年岁越老，对先生的怀念也就越浓烈。这情景，对别人来说，也许有点难解，但对我自己来说，用不着苦心参悟，便一目了然。

在我初入世的时候，我们俩走的道路几乎完全一样。他是北大英文系毕业的，因为写了文章，翻译了书，于是成了作家，而当时的逻辑是，是作家就能教国文，于是他就来到了我的母校济南省立高中当国文教员。我就是他当时的学生。在这之前的一年，日寇占领济南，是我当亡国奴的一年。再前，我则是山大附属高中的学生，学的是古文，写的是文言文，老师王崑玉先生给我留下了终生难忘的印象。1928年是我在无意识中飞跃的一年，从《古文观止》和《诗经》飞跃到鲁迅和普罗文学，在新文学岸边上迎接我的正是董秋芳先生。我自己也不知道是出于什么原因，我的白话作文竟受到了秋芳先生的激赏，说我是"全班甚至全校之冠"。我是一个平凡的人，受到赞赏，这本是不虞之誉，我却感到喜悦和兴奋。这样就埋下了我终身写作的种子。除了在德国十年写得很少,"十年浩劫"根本没写之外,我一直写作未辍。我认为,作家是一个高贵的称呼,是"人类灵魂的工程师",区区如不佞者焉能当此称号!我一直不敢以作家自居。然而,写作毕竟成为我生活中不可或缺的一部分,每有真实感触,则必写为文章,不仅怡悦自己,也持赠别人。所有这一切,都必须归功于董先生,我称他为"恩师",不是恰如其分吗?

现在来谈冬芬先生的翻译。就目前中国翻译界来看,翻译已成为司空见惯的事,世界各国的文学大师的全集大都有了汉文译本。据我个人的看法,眼前中国翻译界的问题不在量,而在质。努力提高翻译水平,改变求大求全而译文则极不理想的情况,是当务之急。然而在七八十年前鲁迅、董秋芳的时代,情况完全不是这个样子。当时译本不多,而且往往只限于几个大国。鲁迅先生完全不是为翻译而翻译,他发现了中国固有文化有许多不尽如人意之处,中国的民族性好像也不能令人满意,因此他提出了"拿来主义"的号召,让人少读,或者简直不读中国书。现在看起来,这似乎有偏激之处,然而鲁迅的苦心是一般有识之士可以理解的。他像古代希腊神话中盗取天火的普罗米修斯那样,想从外国引进一点火种,以改造我们的民族性,为我们的国民进行启蒙教育。他特别重视翻译国际上弱小民族的文学作品,因为这些国家的处境与我们的处境更接近,从那里取来的火种更能启迪我们。

冬芬先生是鲁迅先生忠实的学生和追随者，他也绝不是为翻译而翻译，他做翻译工作有自己的理想，有自己的目标。他除了翻译一些英美文学作品之外，还大量翻译了俄罗斯、西班牙、印度、犹太籍等作家的作品，这些作家有些是在当时不被重视的，或者由于政治原因而被打入另册的。他翻译这些作家的作品，绝不仅仅是为了拾遗补阙，其真正目的是在盗取天火以济人世之穷。

冬芬先生这些译作都是在新中国成立前完成的，到现在已经超过半个世纪了。现在由他的女公子菊仙整理付印，索序于我。这不禁勾起了我那缅怀恩师之幽情，因而不揣谫陋，略陈鄙见如上。是为序。

2000年12月3日

忆念
胡也频先生

胡也频,这个在中国近代革命史上和文学史上宛如夏夜流星一闪即逝但又留下永恒光芒的人物,知道其名者很多很多,但在脑海中尚能保留其生动形象者,恐怕就很少很少了。

我有幸是其中的一个。

我初次见到胡先生是六十年前在山东济南省立高中的讲台上。我当时只有十八岁,是高中三年级的学生。他个子不高,人很清秀,完全是一副南方人的形象。此时日军刚刚退出了占领一年的济南。国民党的军队开了进来,教育有了改革。旧日的山东大学附属高中改为省立高中。校址由绿柳红荷交相辉映的北园搬到车水马龙的杆石桥来,环境大大地改变了,校内颇有一些新气象。专就国文这一门课程而谈,在一年前读的还是《诗经》和《古文观止》一类的书籍,现在完全改为白话文学作品。作文也由文言文改为白话文。教员则由清代的翰林、进士改为新文学家。对于我们这一批年轻的大孩子来说,顿有耳目为之一新的感觉。大家都兴高采烈了。

高中的新校址是清代的一个什么大衙门,崇楼峻阁,雕梁画栋，颇有一点威武富贵的气象。尤其令人难忘的是里面有一个大花园。园子的全盛时期早已成为往事。花坛不修，水池干涸，小路上长满了草。但是花木却依然青翠茂密，浓绿扑人眉宇。到了春天、夏天，仍然开满似锦的繁花，把这古园点缀得明丽耀目。枝头丛中时有鸟鸣声，令人如入幽谷。老师和学生们有时来园中漫步，各得其乐。

胡先生的居室就在园门口旁边，常见他走过花园到后面的课堂去上课。他教书同以前的老师完全不同，他不但不讲《古文观止》，好像连新文学作品也不大讲。每次上课，他都在黑板上大书"什么是现代文艺？"几个大字，然后滔滔不绝地讲起来，直讲得眉飞色舞，浓重的南方口音更加令人难懂了。下一次上课，黑板上仍然是七个大字："什么是现代文艺？"我们这一群年轻的大孩子听得简直像着了迷。

我们按照他的介绍买了一些当时流行的马克思主义文艺理论书籍。那时候，"马克思主义"这个词儿是违禁的，人们只说"普罗文学"或"现代文学"，大家心照不宣，但谁都了解。有几本书的作者我记得名叫弗里茨，以后再也没见到这个名字。这些书都是译文，非常难懂。据说是从日文转译的俄国书籍。恐怕日文译者就不太懂俄文原文，再转为汉文，只能像"天书"了。我们当然不能全懂，但是仍然怀着朝圣者的心情，硬着头皮读下去。生吞活剥，在所难免。然而"现代文艺"这个名词却时髦起来，传遍了高中的每一个角落，仿佛为这古老的建筑增添了新的光辉。

我们这一批年轻的中学生其实并不真懂什么"现代文艺",更不全懂什么叫"革命",胡先生在这方面没有什么解释。但是我们的热情却是高昂的,高昂得超过了需要。

当时还是国民党的天下,学校大权当然掌握在他们手中。在这样的气氛中,胡先生竟敢明目张胆地宣传"现代文艺",鼓动学生革命,真如太岁头上动土。国民党对他的仇恨是完全可以想象的。

胡先生却处之泰然。我们阅世未深,对此完全是麻木的。胡先生是有社会经历的人,他应该知道其中的利害,可是他也毫不在乎。只见他那清瘦的小个子,在校内课堂上,在那座大花园中,迈着轻盈细碎的步子,上身有点向前倾斜,匆匆忙忙,仓仓促促,满面春风,忙得不亦乐乎。他照样在课堂上宣传他的"现代文艺",侃侃而谈,视敌人如草芥,宛如走入没有敌人的敌人阵中。

他不但在课堂上宣传,还在课外进行组织活动。他号召组织了一个现代文艺研究会,由几个学生积极分子带头参加,公然在学生宿舍的走廊上,摆上桌子,贴出布告,昭告全校,踊跃参加。当场报名、填表,一时热闹得像过节一样。时隔六十年,一直到今天,当时的情景还历历如在眼前,当时的笑语声还在我耳畔回荡,留给我的印象之深,概可想见了。

有了这样一个组织,胡先生还没有满足,他准备出一个刊物,名称我现在忘记了。第一期的稿子中有我的一篇文章,名叫《现代文艺的使命》。内容现在完全忘记了,无非是革命、革命、革命之类。以我当时的水平之低,恐怕都是从"天书"中生吞活剥地抄来了一些词句,杂凑成篇而已,绝不会是什么像样的文章。

正在这时候,当时蜚声文坛的革命女作家、胡先生的夫人丁玲女士到了济南省立高中,看样子是来探亲的。她是从上海去的。当时上海是全国最时髦的城市,领导全国的服饰的新潮流。丁玲的衣着非常讲究,大概代表了上海最新式的服装。相对而言,济南还是相当闭塞淳朴的。丁玲的出现,宛如飞来了一只金凤凰,在我们那些没有见过世面的青年学生眼中,她浑身闪光,辉耀四方。

记得丁玲那时候比较胖,又穿了非常高的高跟鞋。济南比不了上海,马路坑坑洼洼,高低不平。高中校内的道路更是年久失修。穿平底鞋走上去都不太牢靠,何况高跟鞋。看来丁玲就遇上了"行路难"的问题。胡先生个子比丁玲稍矮,夫人"步履维艰",有时要扶着胡先生才能迈步。我们这些年轻的学生看了这情景,觉得非常有趣。我们就窃窃私语,说胡先生成了丁玲的手杖。我们其实不但毫无恶意,而且是充满了敬意的。在我们心中真觉得胡先生是一个好丈夫,因此对他更增加了崇敬之感,对丁玲我们同样也是尊敬的。

不管胡先生怎样处之泰然,国民党都并没有"睡觉"。它的统治机器当时运转得还是比较灵的。国民党对抗大清帝国和反动军阀有过丰富的斗争经验,老谋深算,手法颇多。相比之下,胡先生这个才不过二十多岁的真正的革命家,则没有多少斗争经验，专凭一股革命锐气，革命斗志超过革命经验，宛如初生的犊子不怕虎一样，头顶青天，脚踏大地，把活动都摆在光天化日之下，这确实值得尊敬。但是，勇则勇矣，面对强大的掌握大权的国民党，他注定是要失败的。这一点，我始终不知道胡先生是否意识到了。这个谜将永远成为一个谜。

事情果然急转直下。有一天，国文课堂上见到的不再是胡先生那瘦小的身影，而是一位完全陌生的老师。全班学生都为之愕然。小道消息说，胡先生被国民党通缉，连夜逃到上海去了。到了第二年，1931年，他就同柔石等四人在上海被国民党逮捕，遭秘密杀害，身中十几枪。当时他只有二十八岁。

鲁迅先生当时住在上海，听到这消息以后，怒发冲冠，拿起如椽巨笔，写了这样一段话："我们现在以十分的哀悼和铭记，纪念我们的战死者，也就是要牢记中国无产阶级革命文学的历史的第一页，是同志的鲜血所记录，永远在显示敌人的卑劣的凶暴和启示我们的不断的斗争。"（《二心集》）这一段话在当时真能掷地作金石声。

胡先生牺牲到现在已经六十年了。如果他能活到现在，也不过八十七八岁，在今天还不算是太老，正是"余霞尚满天"的年龄，还是大有可为的。而我呢，在这一段极其漫长的时间内，经历了极其曲折复杂的行程，天南海北，神州内外，走过阳关大道，也走过独木桥，在"空前的十年"中，几乎走到穷途。到了今天,我已由一个不到二十岁的中学生变成了皤然一翁,心里面酸甜苦辣,五味俱全。但是胡先生的身影忽然又出现在眼前,我有点困惑。我真愿意看到这个身影,同时却又害怕看到这个身影,我真有点诚惶诚恐了。我又担心,等到我这一辈人同这个世界告别以后,脑海中还能保留胡先生身影者,大概也就彻底地从地球上消逝了。对某一些人来说,那将是一个永远无法弥补的损失。在这里,我又有点欣慰:看样子,我还不会在短期中同地球"拜拜"。只要我在一天,胡先生的身影就能保留一天。愿这一颗流星的光芒尽可能长久地闪耀下去。

1990年2月9日

西谛先生

西谛先生不幸逝世,到现在已经有二十多年了。听到飞机失事的消息时,我正在莫斯科。我仿佛当头挨了一棒,惊愕得说不出话来。我是震惊多于哀悼,惋惜胜过忆念,而且还有点惴惴不安。当我登上飞机回国时,同一架飞机中就放着西谛先生等六人的骨灰盒。我百感交集,当时我的心情之错综复杂可想而知。从那以后,在这样漫长的时间内,我不时想到西谛先生。每一想到,都不禁悲从中来。到了今天,震惊、惋惜之情已逝,而哀悼之意弥增。这哀悼,像烈酒,像火焰,燃烧着我的灵魂。

倘若论资排辈的话,西谛先生是我的老师。20世纪30年代初期,我在清华大学读西洋文学系。但是从小学起,我对中国文学就有浓厚的兴趣。西谛先生是燕京大学中国文学系的教授,在清华兼课。我曾旁听过他的课。在课堂上,西谛先生是一个知识渊博的学者,掌握大量的资料,讲起课来,口若悬河泄水,滔滔不绝。他那透过高度的近视眼镜从讲台上向下看挤满了教室的学生的神态,至今仍宛然如在目前。

当时的教授一般都有一点所谓"教授架子"。在中国话里,"架子"这个词儿同"面子"一样,是难以捉摸、难以形容描绘的,好像非常虚无缥缈,但它又确实存在。有极少数教授自命清高,但精神和物质待遇却非常优厚。在他们心里,在别人眼中,他们好像是高人一等,不食人间烟火,而实则饱餍粱肉,进可以攻,退可以守,其中有人确实也是官运亨通,青云直上,成了羡慕的对象。存在决定意识,因此就产生了"架子"。

这些教授的对立面就是我们学生。我们的经济情况有好有坏,但是不富裕的占大多数,然而也不至于挨饿。我当时就是这样一个学生。处境相同,容易引起类似同病相怜的感情;爱好相同,又容易同声相求。因此,我就有了几个都是爱好文学的伙伴,经常在一起,其中有吴组缃、林庚、李长之等等。虽然我们所在的系不同,但常常会面,有时在工字厅大厅中,有时在大礼堂里,有时又在荷花池旁"水木清华"的匾下。我们当时差不多都才二十岁左右,阅世未深,尚无世故,正是天不怕、地不怕的时候。我们经常高谈阔论,臧否天下人物,特别是古今文学家,直抒胸臆,全无顾忌。幼稚恐怕是难免的,但是没有一点框框,却也有可爱之处。我们好像是《世说新语》中的人物,任性纵情,毫不矫饰。我们谈论《红楼梦》,我们谈论《水浒传》,我们谈论《儒林外史》,每个人都努力发一些怪论,"语不惊人死不休"。记得茅盾的《子夜》出版时,我们曾掀起一场颇为热烈的大辩论,我们辩论的声音在工字厅大厅中回荡。但事过之后,谁也不再介意。我们有时候也把自己写的东西，什么诗歌之类，拿给大家看，而且自己夸耀哪句是神来之笔，一点也不脸红。现在想来，好像是别人干的事，然而确实是自己干的事，这样的率真只在那时候有，以后只能追忆珍惜了。

在当时的社会上，封建思想弥漫，论资排辈好像是天经地义。一个青年要想出头，那是非常困难的。如果没有奥援，不走门子，除了极个别的奇才异能之士外，谁也别想往上爬。那些出身于名门贵阀的少数子弟，他们丝毫也不担心，毕业后老爷子有的是钱，可以送他们出洋镀金，回国后优缺美差在等待着他们。而绝大多数的青年经常为所谓的"饭碗问题"担忧，我们也曾为"毕业即失业"这一句话吓得发抖。我们的一线希望就寄托在教授身上。在我们眼中，教授简直如神仙中人，高不可攀。教授们自然也是感觉到这一点的，他们之所以有"架子"，同这种情况是分不开的。我们对这种"架子"已经习以为常，不以为怪了。

我就是在这样的气氛中认识西谛先生的。

最初我当然对他并不完全了解。但是同他一接触，我就感到他同别的教授不同，简直不像是一个教授。在他身上，看不到半点"教授架子"，他也没有一点论资排辈的恶习。他自己好像并不觉得比我们长一辈，他完全是以平等的态度对待我们。他有时就像一个大孩子，不失其赤子之心。他说话非常坦率，有什么想法就说了出来，既不装腔作势，也不以势吓人。他从来不教训人，任何时候都是亲切和蔼的。当时流行在社会上的那种帮派习气，在他身上也找不到。只要他认为有一技之长的，不管是老年、中年，还是青年，他都一视同仁。因此，我们在背后就常常说他是一个宋江式的人物。他当时正同巴金、靳以主编一个大型的文学刊物《文学季刊》，按照惯例是要找些名人来当主编或编委的。这样可以给刊物镀上一层金，增加号召力量。他确实也找了一些名人，但是像我们这样一些无名又年轻之辈，他也绝不嫌弃。我们当中有的人当上了主编，有的人当上了特别撰稿人。自己的名字都煌煌然印在杂志的封面上，我们难免有些沾沾自喜。西谛先生对青年人的爱护，除了鲁迅先生外，恐怕举世无双。说老实话，我们有时候简直感到难以理解，有点受宠若惊了。

在这样的情况下，我们既景仰他学问之渊博，又热爱他为人之亲切平易，于是就很愿意同他接触。只要有机会，我们总去旁听他的课。有时也到他家去拜访他。记得在一个秋天的夜晚，我们几个人步行，从清华园走到燕园。他的家好像就在今天北大东门里面大烟筒下面。现在时过境迁，房子已经拆掉，沧海桑田，面目全非了。但是在当时给我的印象却是异常美好的，房子是旧式平房，外面有走廊，屋子里有地板，是非常高级的住宅。屋子里排满了书架，都是珍贵的红木做成的，整整齐齐地摆着珍贵的古代典籍，都是人间瑰宝，其中明清小说、戏剧的收藏更在全国首屈一指。屋子的气氛是优雅典丽的，书香飘拂在画栋雕梁之间，我们都狠狠地羡慕了一番。

总之,我们对西谛先生是尊敬的,是喜爱的。我们在背后常常谈到他,特别是他那些同别人不同的地方,我们更是津津乐道。背后议论人当然并不能算是美德,但是我们一点恶意都没有,只是觉得好玩而已。比如他的工作方式,我们当时就觉得非常奇怪。他兼职很多,常常奔走于城内城外。当时交通还不像现在这样方便。清华、燕京,宛如一个村镇,进城要长途跋涉。校车是有的,但非常少,有时候要骑驴,有时候坐人力车。西谛先生挟着一个大皮包,里面总是装满了稿子,鼓鼓囊囊的。他戴着深度眼镜,跨着大步,风尘仆仆,来往于清华、燕京和北京城之间。我们在背后说笑话,说郑先生走路就像一只大骆驼。可是他一坐上校车,就打开大皮包拿出稿子,写起文章来。

据说他买书的方式也很特别。他爱书如命,认识许多书贾,一向不同书贾讲价钱,只要有好书,他就留下,手边也不一定就有钱偿付书款,他留下以后,什么时候有了钱就还账,没有钱就用别的书来兑换。他自己也印了一些珍贵的古籍,比如《插图本中国文学史》《玄览堂丛书》之类。他有时候也用这些书去还书债。书贾愿意拿什么书,就拿什么书。他什么东西都喜欢大,喜欢多,出书也有独特的气派,与众不同。所有这一切我们也都觉得很好玩,很可爱。这更增加我们对他的敬爱。在我们眼中,西谛先生简直像长江大河,汪洋浩瀚;泰山华岳,庄严敦厚。当时的某一些名人同他一比，简直如小水洼、小土丘一般，有点微不足道了。

但是时间只是不停地逝去，转瞬过了四年，大学要毕业了。从清华大学毕业以后，我回到故乡去，教了一年高中。我学的是西洋文学，教的却是国文，用现在的话说，就是"不结合业务"，因此心情并不很愉快。在这期间，我还同西谛先生通过信。他当时在上海，主编《文学》。我寄过一篇散文给他，他立即刊登了。他还写信给我，说他编了一个什么丛书，要给我出一本散文集。我没有去搞，所以也没有出成。过了一年，我得到一份奖学金，到很远的一个国家里去住了十年。从全世界范围来看，这正是一个天翻地覆的时代。在国内，有外敌入侵，大半个祖国变了颜色；在国外，正在进行着第二次世界大战。我在国外，挨饿先不必说，光是每天躲警报，就真够呛。杜甫的诗："烽火连三月，家书抵万金。"我的处境是"烽火连十年，家书无从得"，同西谛先生当然失去了联系。

一直到了1946年的夏天，我才从国外回到上海。去国十年，漂洋万里，到了那繁华的上海，连个落脚的地方都没有。我曾在克家的榻榻米上睡过许多夜。这时候，西谛先生也正在上海。我同克家和辛笛去看过他几次，他还曾请我们吃过饭。他的老母亲亲自下厨房做福建菜，我们都非常感动，至今难以忘怀。当时上海反动势力极为猖獗，郑先生是他们的对立面。他主编一个争取民主的刊物，推动民主运动。反动派把他也看作"眼中钉"，据说列入了黑名单。有一次，我同他谈到这个问题。完全出乎我的意料,他的面孔一下子红了起来,怒气冲冲,声震屋瓦,流露出极大的义愤与轻蔑。几十年来他给我的印象是和蔼可亲,平易近人,光风霁月,菩萨慈眉。我万万没有想到,他还有另一面:疾恶如仇,横眉冷对,疾风迅雷,金刚怒目。原来我只是认识了西谛先生的一面,对另一面我连想都没有想过。现在总算比较完整地认识西谛先生了。

有一件事情,我还要在这里提一下。我在上海时曾告诉郑先生,我已应北京大学之聘,开设梵文讲座。他听了以后,喜形于色,他认为,在北京大学教梵文简直是理想的职业。他对梵文文学的重视和喜爱溢于言表。1948年,他在他主编的《文艺复兴·中国文学专号》的《题词》中写道:"关于梵文学和中国文学的血脉相通之处,新近的研究呈现了空前的辉煌。北京大学成立了东方语言文学系,季羡林先生和金克木先生几位都是对梵文学有深刻研究的……在这个'专号'里,我们邀约了王重民先生、季羡林先生、万斯年先生、戈宝权先生和其他几位先生写这个'专题'。我们相信,这个工作一定会给国内许多做研究的工作者以相当的感奋的。"西谛先生对后学的鼓励之情洋溢于字里行间。

新中国成立后不久,西谛先生就从上海绕道香港到了北京。我们都熬过了寒冬,迎来了春天,又在这文化古都见了面,分外高兴。又过了不久,他同我都参加了新中国开国后派出去的第一个大型文化代表团,到印度和缅甸去访问。

在国内筹备工作进行了半年多,在国外和旅途中又用了四五个月。我认识西谛先生已经几十年了,这一次是我们相聚最长的一次,我认识他也更清楚了,他那些优点也表露得更明显了。我更觉得他像一个不失其赤子之心的大孩子,胸怀坦荡,耿直率真。他喜欢同人辩论,有时也说一些歪理。但他自己却一本正经,他同别人抬杠而不知是抬杠。我们都开玩笑说,就抬杠而言,他已达到出神入化的境界,应该选他为"抬杠协会主席",简称之为"杠协主席"。出国前在检查身体的时候,他糖尿病已达到相当严重的程度,有几个"+"号。别人替他担忧,他自己却丝毫不放在心上,喝酒吃点心如故。他那豁达大度的性格,在这里也表现得非常鲜明。

回国以后,我经常有机会同他接触。他担负的行政职务更重了。有一段时间,他在北海团城里办公,我有时候去看他,那参天的白皮松给我留下了难忘的印象。这时候他对书的爱好似乎一点也没有减少。有一次他让我到他家去吃饭。他家像从前一样,满屋堆满了书,大都是些珍本的小说、戏剧,明清木刻,满床盈案,累架充栋。一谈到这些书,他自然就眉飞色舞。我心里暗暗地感到庆幸和安慰,我暗暗地希望西谛先生能够这样活下去,多活上许多年,多给人民做一些好事情……

但是正当他充满了青春活力,意气风发,大踏步走上前去的时候,好像一声晴天霹雳,西谛先生不幸过早地离开我们了。他逝世时的情况是什么样子,谁也说不清楚。我时常自己描绘，让幻想驰骋。我知道，这样幻想是毫无意义的，但是自己无论如何也排除不掉。

现在，恶贯满盈的"四人帮"终于被打倒了。普天同庆，朗日重辉。但是痛定思痛，我想到西谛先生的次数反而多了起来。将近五十年前的许多回忆，清晰的、模糊的，整齐的、零乱的，一齐涌入我的脑中。西谛先生的一举一动、一颦一笑，时时奔来眼底。我越是觉得前途光明灿烂，就越希望西谛先生能够活下来。像他那样的人，我们是多么需要啊。他一生为了保存祖国的文化，付出了多么巨大的劳动！如果他还能活到现在，那该有多好！然而已经发生的事情是永远无法挽回的。"念天地之悠悠"，我有时甚至感到有点凄凉了。这同我当前的环境和心情显然是有矛盾的，但我无论如何也抑制不住自己。我常常不由自主地低吟起江文通的名句来：

> 春草暮兮秋风惊，秋风罢兮春草生；
> 绮罗毕兮池馆尽，琴瑟灭兮丘垄平。
> 自古皆有死，莫不饮恨而吞声。

呜呼！生死事大，古今同感。西谛先生只能活在我们的回忆中了。

1980 年 1 月 8 日初稿
1981 年 2 月 2 日修改

晚节善终大节不亏
——悼念冯友兰（芝生）先生

芝生先生离开我们，走了。对我来说，这噩耗既在意内，又出意料。约莫三四个月以前，我曾到医院去看过他，实际上含有诀别的意味。但是，过了不久，他又奇迹般地出了院。后来又听说，他又住了进去。以九十五周岁的高龄，对医院这样几出几进，最后终于永远离开了医院，也离开了我们。难道说这不是意内之事吗？

可是芝生先生对自己的长寿是充满了信心的。他在八十八岁自寿联中写道：

何止于米，相期以茶。

胸怀四化，寄意三松。

"米寿"指八十八岁，"茶寿"指一百零八岁。他活到九十五岁，离"茶寿"还有十三年，当然不会满足的。去年，中国文化书院准备为他庆祝九十五岁诞辰，并举办国际学术讨论会。他坚持要到今年九十五周岁时举办，可见他信心之坚。他这种信心也感染了我们。我们都相信他会创造奇迹的。今年的庆典已经安排妥帖，国内外请柬都已发出，再过一个礼拜，就要举行了。可惜他偏在此时离开了我们，使庆祝改为悼念。不说这是意外又是什么呢？

在芝生先生弟子一辈的人中，我可能是接触到冯友兰这个名字最早的人。1926年，我在济南一所高中读书，这是一所文科高中。课程中除了中外语文、历史、地理、心理、伦理等等以外，还有一门人生哲学，用的课本就是芝生先生的《人生哲学》。我当时只十五岁，既不懂人生，也不懂哲学。但是对这一门课的内容，颇感兴趣。从此芝生先生的名字，就深深地印在我的心中，我认为，他是一个高不可攀的大人物。屈指算来，现在已有六十四年了。

后来，我考进了清华大学，入西洋文学系。芝生先生是文学院院长。当时清华大学规定，文科学生必须选一门理科的课，逻辑学可以代替。我本来有可能选芝生先生的课，却临时改变主意，选了金岳霖先生的课。因此我一生没有上过芝生先生的课。在大学期间，同他根本没有来往，只是偶尔听他的报告或者讲话而已。

时过境迁，我大学毕业后，当了一年高中国文教员，到欧洲去漂泊了将近十一年。抗日战争后，回到了祖国。由于陈寅恪先生的介绍，到北大来工作。这时芝生先生从大后方复员回到北平，仍然在清华任教。我们没有接触的机会，只是偶尔从别人口中得知芝生先生在西南联大时的情况，也有过一些议论。这在当时是难以避免的。至于真相究竟如何，谁也不去探究了。

不久就迎来了解放。据我的推测，芝生先生本来有资格到台湾去的。然而他留下没走，同我们共同度过了一段既感到光明，又感到幸福的时刻。至于他是怎样想的，我完全不知道。不管怎样，他的朋友和弟子们从此对他有了新的认识，这却是事实。他曾给毛泽东同志写过一封信，毛泽东同志回复了一封比较长的信。他当时是异常激动的。此是后话，这里暂且不表了。

不久，我国政府组成了一个文化代表团，应邀赴印度和缅甸访问。这是新中国开国后第一个比较大型的出访代表团，团员中颇有一些声誉卓著、有代表性的学者、文学家和艺术家。丁西林任团长，郑振铎、阳翰笙、钱伟长、吴作人、常书鸿、张骏祥、周小燕等等以及芝生先生都是团员，我也滥竽其中，秘书长是刘白羽。因为这个团很重要，周总理亲自关心组团的工作，亲自审查出国展览的图片。记得是1951年整个夏天，我们都在做准备工作，最费事的是图片展览。我们到处拍摄、搜集能反映新中国新气象的图片，最后汇总在故宫里面的一个大殿里，满满的一屋子，请周总理最后批准。我们忙忙碌碌，过了一个异常紧张但又兴奋愉快的夏天。

那一年国庆节前，我们到了广州，参加了观礼活动。我们在广州又住了一段时间，将讲稿和其他文件译为英文，做好最后的准备工作。此时，广州解放时间不长，国民党反动派的飞机有时还来骚扰，特务活动也时有所闻。我们出门，都有怀藏手枪的便衣保安人员跟随，暗中加以保护。我们一切都准备好后，便乘车赴香港，换乘轮船，驶往缅甸，开始了对缅甸和印度的长达几个月的长征……

从此以后，我们全团十几个人就马不停蹄，跋山涉水，几乎是一天换一个新地方，宛如走马灯一般。脑海里天天有新印象，眼前时时有新光景，乘船、乘汽车、乘火车、乘飞机，几乎看尽了春、夏、秋、冬四季风光，享尽了印缅人民无法形容的热情的款待。我不能忘记，我们曾在印度洋的海船上，看飞鱼飞跃；晚上在当空的皓月下，面对浩渺蔚蓝的波涛，追怀往事。我不能忘记，我们在印度闻名世界的奇迹泰姬陵上欣赏"琼楼玉宇，高处不胜寒"的奇景。我不能忘记，我们在印度大陆最南端科摩林海角沐浴大海，晚上共同招待在黑暗中摸黑走八十里路，目的只是想看一看中国代表团的印度青年的情景。我不能忘记，我们在佛祖释迦牟尼打坐成佛的金刚座旁流连瞻谒，我从印度空军飞机驾驶员手中接过几片菩提树叶，而芝生先生则用口袋装了一点金刚座上的黄土的画面。我不能忘记，我们在金碧辉煌的土邦王公的天方夜谭般的宫殿里，共同享受豪华晚餐，自己也仿佛进入了童话世界的场景。我不能忘记，在缅甸茵莱湖上，看缅甸船主独脚划船的情景。我不能忘记，我们在加尔各答开着电风扇，啃着西瓜，度过新年的景象。我不能忘记的事情太多太多了，怎么说也是说不完的。一想起印缅之行，我脑海里就成了万花筒，光怪陆离，五彩缤纷。中间总有芝生先生的影子在，他长须飘胸，形象庄重。其他团员也都各具特点，令人忆念难忘。这情景，当时已不寻常，何况现在事后追思呢？

根据新中国成立后一些代表团出国访问的经验，在团员与团员之间的关系方面往往可以看出三个阶段。初次聚在一起时，大家都和和睦睦，客客气气。后来逐渐混熟了，渐渐露出真面目，放言无忌。到了后期，临解散以前，往往又对某一些人心怀不满，胸有芥蒂。这个三段论法，真有点厉害，常常真能兑现。

但是，我们的团却不是这个样子。

我们自始至终都是能和睦相处的。我们团中还产生了一对情侣，后来有情人终成了眷属。可见气氛之融洽。在所有的团员和工作人员中，最活跃的是郑振铎先生。他身躯高大魁梧，说话声音洪亮。虽然已经渐入老境，但不失其赤子之心。他同谁都谈得来，也喜欢开个玩笑，而最爱抬杠。团中爱抬杠者，大有人在。代表团成立了一个抬杠协会，简称"杠协"。大家想选一个会长，领袖群伦。于是月旦群雄，最后觉得郑先生喜抬杠，而不自知其为抬杠，已经达到抬杠圣境，圆融无碍。大家一致推选他为杠协会长，在他领导之下，团中杠业发达，皆大欢喜。

郑先生同芝生先生年龄相若，而风格迥异，芝生先生看上去很威严，说话有点口吃。但有时也说点笑话，足证他是一个懂得幽默的人。郑先生开玩笑的对象往往就是芝生先生。他经常喊芝生先生为"大胡子",不时说些玩笑话。有一次,理发师正给芝生先生刮脸,郑先生站在旁边起哄,连声对理发师高呼:"把他的络腮胡子刮掉!"理发师不知所措,一失手,真把胡子刮掉一块。这时候,郑先生大笑,旁边的人也陪着哄笑。然而芝生先生只是微微一笑,神色不变,可见先生的大度包容的气概。《世说新语》载:"王子猷、子敬曾俱坐一室,上忽发火。子猷遽走避,不惶取屐。子敬神色恬然,徐唤左右,扶凭而出,不异平常。世以此定二王神宇。"芝生先生的神宇有点近似子敬。

上面举的只是一件微末小事,但是由小可以见大。总之,我们的代表团就是在这种熟悉而不亵渎、亲切而互相尊重的气氛中,共同生活了半年。我得以认识芝生先生,也是在这一时期内的事。屈指算来,到现在也近四十年了。

对于芝生先生的专门研究领域——中国哲学史,我几乎是一个门外汉,不敢胡言乱语。但是他治中国哲学史的那种坚韧不拔的精神,我却是能体会到的,而且是十分敬佩的。为了这一门学问,他不知遭受了多少批判。他提倡的道德抽象继承论,也同样受到严厉的诡辩式的批判。但是,他能同时在几条战线上应战,并没有被压垮。他坚持真理,修正错误,不惜以今日之我非昨日之我,经常在修订他的《中国哲学史》,我说不清已经修订过多少次了。我相信,倘若能活到一百零八岁,他仍然是要继续修订的。只是这一点精神,难道还不值得我们认真学习吗?

芝生先生走过了九十五年的漫长的人生道路，九十五岁几乎等于一个世纪。自从公元建立后，至今还不到二十个世纪。芝生先生活了公元的二十分之一，时间够长的了。他一生经历了清代、民国、军阀混战、国民党统治、抗日战争，一直迎来了新中国成立。道路并不总是平坦的，有阳关大道，也有独木小桥，曲曲折折，坎坎坷坷。然而芝生先生以他那奇特的乐观精神和适应能力，不断追求真理，追求光明，忠诚于自己的学术事业，热爱祖国，热爱祖国的传统文化，终于走完了人生长途。仰不愧于天，俯不怍于人。我们可以说他是晚节善终，大节不亏。他走了一条中国老知识分子应该走的道路。在他身上，我们是可以学习到很多东西的。

芝生先生！你完成了人生的义务，掷笔去世，把无限的怀思留给了我们。

芝生先生！你度过漫长疲劳的一生，现在是应该休息的时候了。你永远休息吧！

他实现了生命的价值
——悼念朱光潜先生

听到孟实先生逝世的消息,我的心情立刻沉重起来。这消息对我并不突然,因为他毕竟是快九十岁的人了,而且近几年来,身体一直不好。但是,如果他能再活上若干年,对我国的学术界,对我自己,不是更有好处吗?

现在,在北京大学内外,还颇有一些老先生可以算作我的师辈。因为,我当学生的时候,他们已经是教授了。但是,我真正听过课的老师,却只剩下孟实先生一人。按旧日的习惯,我应该称他为业师。在今天的新社会中,师生关系内容和意义都有了一些改变。但是,尊师重道仍然是我们要大力提倡的。我对于我这一位业师,一向怀有深深的敬意。而今而后,这敬意的接受者就少掉重要的一个了。

五十多年前,我在清华大学西洋文学系念书。我那时是二十岁上下。孟实先生是北京大学的教授,在清华大学兼课,年龄大概三十四五岁吧。他只教一门文艺心理学,实际上就是美学,这是一门选修课。我选了这一门课,认真地听了一年。当时我就感觉到,这一门课非同凡响,是我最满意的一门课,比那些英、美、法、德等国来的外籍教授所开的课好到不能再好。朱先生不是那种口若悬河的人，他的口才并不好，讲一口带安徽味的蓝青官话，听起来并不"美"。看来他不是一个演说家，讲课从来不看学生，两只眼向上翻，看的好像是天花板上或者窗户上的某一块地方。然而却没有废话，每一句话都清清楚楚。他介绍西方各国流行的文艺理论，有时候举一些中国旧诗词做例子，并不牵强附会，我们一听就懂。对那些古里古怪的理论，他确实能讲出一个道理来，我听起来津津有味。我觉得，他是一个有学问的人，一个在学术上诚实的人，他不哗众取宠，他不用连自己都不懂的"洋玩意儿"去欺骗、吓唬年轻的中国学生。因此，在开课以后不久，我就爱上了这一门课，每周盼望上课，这成了我的乐趣。

孟实先生在课堂上介绍了许多欧洲心理学家和文艺理论家的新理论，比如李普斯的感情移入说，还有什么人的距离说，等等。他们从心理学方面，甚至从生理学方面来解释关于美的问题。其中有不少理论我觉得是有道理的，一直到今天我仍然记忆不忘。要说里面没有唯心主义成分，那是不能想象的。但是资产阶级的科学家，只要是一个有良心、不存心骗人的人，他总是会在不同程度上正视客观实际的，他的学说总会有合理成分的。我们倒洗澡水不应该连婴儿一起倒掉。达尔文和爱因斯坦难道不是资产阶级的科学家吗？但是，你能说他们的学说完全不正确吗？我们过去有一些人习惯于用贴标签的办法来处理学术问题，把极其复杂的学术问题过分地简单化了,这不利于学术的发展。这种倾向到了"十年浩劫"期间,在"四人帮"的煽动下,达到了骇人听闻的荒谬的程度。"四人帮"竟号召对相对论一窍不通的人来批判爱因斯坦,成为千古笑谈。孟实先生完全不属于这一类人。他老老实实、本本分分,自己认识到什么程度,就讲到什么程度,一步一个脚印,无形中影响了学生。

离开清华以后,我出国一住就是十年。在这期间,国内正在奋起抗日,国际上则是第二次世界大战。烽火连八年,家书抵亿金。在一段相当长的时间内,我完全同祖国隔离,什么情况也不知道。1946年回国,立即来北大工作。那时孟实先生也转来北大。他正编一个杂志,邀我写文章。我写了一篇介绍《五卷书》的文章,发表在那个杂志上。他住的地方离我的住处不远,他的办公室(他当时是西方语言文学系主任,我是东方语言文学系主任)和我的办公室相隔也不远。但是我无论如何也回忆不起来,我曾拜访过他。说起来似乎是件怪事,然而却是事实。现在恐怕有很多人认为我是什么"社会活动家",其实我的性格毋宁说是属于孤僻一类,最怕见人。我的老师和老同学很多,我几乎是谁都不拜访。天性如此,无可奈何,而今就是想去拜访孟实先生,也完全不可能了。

我因为没有在重庆或者昆明待过,对于抗战时期那里的情况完全不了解,对于朱先生当时的情况也完全不清楚。到了北平以后,听了三言两语,我有时候也同几个清华的老同学窃窃私议过。到了1949年北平解放前夕，按朱先生的地位，他完全有资格乘南京派来的专机离开大陆的，然而他没有这样做，他毅然留了下来，等待北平的解放。其中过程细节，我完全不清楚。然而这件事却给我留下了深刻的印象：朱先生毕竟是经受住了考验，选择了一条唯一正确的道路。

我常常想，在新中国成立前，中国的知识分子大概分为三类：先知先觉的，后知后觉的，不知不觉的。第一类是少数，第三类也是少数。孟实先生（还有我自己），在政治上不是先知先觉，但又绝非不知不觉。爱国无分少长，革命难免先后，这恐怕是一条规律。孟实先生同一大批旧社会来的知识分子一样，经过了几十年的观察与考验、前进和停滞，既走过阳关大道，也走过独木小桥，最终还是认识了真理，认为共产党指出的道路是唯一正确的，因而坚定不移地在这一条路上走下去。孟实先生有一些情况我原来并不清楚，只是到了前几年，我读到他在抗战期间从重庆给周扬同志写的一封信，我才知道，他对国民党并不满意，他也向往延安。我心中暗自谴责：我没有能全面了解孟实先生。总之，我认为孟实先生一生是大节不亏的。他走的道路是一切正直的中国知识分子都应该走的道路。

这一条道路当然也绝不会是平坦的。三十多年来，风风雨雨，几乎所有的老知识分子都在风雨中经受了磨炼。最突出的例子当然是"十年浩劫"。孟实先生被关进了牛棚。我是自己"跳"出来的，一跳也就跳进了牛棚。想不到几十年前的师生现在成了"同棚"。牛棚生活不是三言两语所能说清的,在这里暂且不谈。孟实先生在棚里的一件小事,我始终忘记不了。他锻炼身体有一套方法,大概是东西均备,佛道相融。在那种阴森森的生活环境中,他居然还在锻炼身体,我实在非常吃惊,而且替他捏一把汗。晚上睡下以后,我发现他在被窝里胡折腾,不知道搞一些什么名堂。早晨他还偷跑到一个角落里去打太极拳一类的东西。有一次被"监改人员"发现了,大大地挨了一通批。在这些"大老爷"眼中,我们锻炼身体是罪大恶极的。这是一件微不足道的小事,然而它的意义却不小。从中可以看出,孟实先生对自己的前途没有绝望,对我们的事业也没有绝望,他执着于生命,坚决要活下去。否则的话,他尽可以像一些别的难兄难弟一样,破罐子破摔算了。说老实话,我在当时的态度实在比不上他。这一件事,我从来没有同他谈起过,只是暗暗地记在心中。

"四人帮"垮台以后,天日重明,孟实先生以古稀之年,又精神抖擞,从事科研、教学和社会活动。他的生活异常地有规律。每天早晨,人们总会看到一个瘦小的老头在图书馆前漫步。在工作方面,他抓得非常紧,他确实达到了壮心不已的程度。他译完了黑格尔的美学,又翻译维柯的著作。这些著作内容深奥,号称难治,能承担这种翻译工作的,并世没有第二人。孟实先生以他渊博的学识和湛深的外语水平,兢兢业业,勤勤恳恳,争分夺秒,锲而不舍,"焚膏油以继晷，恒兀兀以穷年"，终于完成了这项艰巨的工作，给我们留下了宝贵的财富，得到了学术界普遍的赞扬。

孟实先生学风谨严，一丝不苟，谦虚礼让，不耻下问。他曾多次问到我关于古代印度宗教的问题。他对中外文学都有精湛的研究，这是学术界公认的。他文笔流畅，这也是学者中间少有的。思想改造运动时，有人告诉我，说是喜欢读朱先生写的自我批评的文章。我当时觉得非常可笑：这是什么时候呀，你居然还有闲情逸致来欣赏文章！然而这却是事实，可见朱先生文章感人至深。他研究中外文艺理论，态度同样严肃认真。他翻译外国名著，也是句斟字酌，不轻易下笔。严复说："一名之立，旬月踟蹰。"我在朱先生身上也发现了这种认真负责的态度。新中国成立后，他努力学习辩证唯物主义和历史唯物主义，并以此指导自己的研究工作，给我们树立了榜样。

现在，孟实先生离开了我们。他一生执着追求，没有偷懒。将近九十年的漫长的道路，走过来并不容易。峰回路转，柳暗花明，他都碰到过；顺利与挫折，他都经受过。但是，他在千辛万苦之后，毕竟找到了真理，热爱祖国，热爱社会主义，找到了一个中国知识分子的最好的归宿。现在人们常谈生命的价值，我认为，孟实先生是实现了生命的价值的。

听到孟实先生逝世的消息时，我并没有流泪，但是在写这篇短文时，却几次泪如泉涌。生生死死，自然规律，任何人也改变不了。古人说："夫大块载我以形，劳我以生，佚我以老,息我以死。"孟实先生,安息吧!你的形象将永远留在你这一个年迈而不龙钟的学生的心中。

1986年3月

回忆
王力先生 *

要论资排辈，了一先生应该是我的老师。如果我记忆不错的话，他是1932年从法国回国到清华大学来任教的。我当时是西洋文学系三年级的学生。因为行当不同，我们没有什么接触。只有一次，我们的老师吴宓（雨僧）教授请我们几个常给《大公报·文学副刊》写文章的学生吃饭，地点是在工字厅西餐部，同桌有了一先生。当时师生之界极严，学生望教授高入云天，我们没能说上几句话。

以后是漫长的将近二十年。1950年，我随中国文化代表团访问印度和缅甸。因为是新中国成立后第一个大型的出国代表团，所以筹备的时间极长。周总理亲自过问筹备工作，巨细不遗。在北京筹备了半年多，又到广州待了一段时间。在此期间，我们访问了岭南大学。了一先生是那里的文学院院长，他出来招待我们。由于人多，我们也没能说上多少话。我同时还拜谒了我的老师陈寅恪先生，他也在那里教书。那是我第一次到广州。时令虽已届深秋，但是南国花木依然葱郁，绿树红花，相映成趣。我是新中国成立后第一次出国，心里面欣慰、惊异、渴望、自满，又有点忐忑不安，说不出是一种什么滋味，甜甜的，又有点酸涩。在岭南大学校园里，看到了含羞草一类的东西，手指一戳，叶子立即并拢起来，引起了我童心般的好奇。再加上见到了了一先生和寅恪先生，心里感到很温暖。此情此景，至今历历如在目前。

以后又是数年的隔绝。1952年高等学校进行院系调整。1954年中山大学语言学系调整到北京大学中文系，了一先生也迁来北京。从此见面的时间就多起来了。

从宏观上来看，了一先生和我都是从事语言研究的。新中国成立以后，提倡集体主义精神，成立机构，组织学会，我同了一先生共事的机会大大地多了起来。首先是国务院（最初叫"政务院"）文字改革委员会，了一先生和我从一开始就都参加了。了一先生重点放在制定汉语拼音方案方面。我参加的是汉字简化工作。在相当长的时间内，我们经常在一起开会，常常听到他以平稳缓慢的声调，发表一些卓见。其次是《中国大百科全书·语言文字卷》的编纂工作。了一先生是中国语言学界的元老之一，在很多问题上，我们都要听他的意见。在编纂过程中，我们在一起开了不少的会。了一先生还承担了重要词条的编写工作。智者千虑，必有一失。他写的词条别人提出了意见，他一点权威架子也没有，总是心平气和地同年轻的同志商谈修改的意见。这一件事给我留下了极其深刻的印象，我将毕生难忘。最后是中国语言学会的工作。为这一个重要的学会，他也费了不少的心血，几次大会，即使不在北京，他也总是不辞辛劳出席。大家都很尊敬他，他在会上的讲话或者发言，大家都乐意听。

通过这样一些我们共同参加的工作，我对了一先生的为人认识得越来越具体，越来越清楚了。我觉得，他禀性中正平和，待人亲切和蔼。我从来没见他发过脾气，甚至大声说话，疾言厉色，也都没有见过。同他相处，使人如坐春风中。他能以完全平等的态度待人，无论是弟子，还是服务人员，他都一视同仁。北大一位年轻的司机告诉我，有一次，他驱车去接了一先生，适逢他在写字，他请了一先生也给他写一幅，了一先生欣然应之，写完之后，还写上某某同志正腕，某某是司机的名字。这一幅珍贵的字条，这位年轻的司机至今还珍重保存。一提起来，他欣慰感激之情还溢于言表。

谈到了一先生的学术成就，说老实话，我实在没有资格来说三道四。虽然我们同属语言学界，但是研究的具体对象却悬殊。了一先生治语音学、汉语音韵学、汉语史、中国古文法、中国语言学史、汉语诗律学、中国语法理论、中国现代语法、同源字等等。我自己搞的则是印度佛教梵文，以及中国新疆古代语言文字、吐火罗文之类。二者搭界的地方微乎其微。了一先生学富五车，著作等身。我确实读过不少他的著作，但是并没有读完他所有的著作。以这样一个水平来发表意见，只能算是管窥蠡测而已。可是我又觉得非发表一点意见不行，所以我现在只能从低水平上说一点个人的意见，至于是否肤浅甚至谬误，就无法过多地考虑了。

我想用八个字来概括了一先生的学风或者学术成就：中

西融会，龙虫并雕。

什么叫中西融会呢？我举一个比较明显的例子。了一先生治中国音韵学用力甚勤，建树甚多。原因何在呢？在中国音韵学史上，从明末清初起，直至20世纪二三十年代，大师辈出，成就远迈前古。顾炎武、戴东原等启其端。到了乾嘉时代，钱大昕、段玉裁、王念孙、王引之诸大师出，辉煌如日中天。清末以后，章太炎、黄季刚、王静安等，追踪前贤，多所创获。这些大师审音之功极勤，又师承传授，汉语古音体系基本上弄清楚了。但是，他们也有不足之处，他们对于发音部位、发音方法缺乏科学的审析方法，因而间或有模糊之处。而这一点正是西方汉学家的拿手好戏。瑞典高本汉研究中国汉语古音，自成体系，成绩斐然，受到中国学者如胡适、林语堂等的尊崇，叹为观止。实际上欧洲学者的成就正是中国学者的不足之处。了一先生一方面继承了中国的优秀传统，特别是乾嘉大师的衣钵，另一方面又精通西方学者的近代的科学方法，因而在汉语音韵学的研究中走出了一条新路。所以我说他是中西融会。以至于他在汉语史等方面的研究上也表现出融会中西两方的优点的本领，并且取得了重大的成就。

什么叫龙虫并雕呢？了一先生把自己的书斋命名为龙虫并雕斋。意思十分清楚：既雕龙，又雕虫，二者同样重要，难分轩轾。他的著作中有《龙虫并雕斋诗集》《龙虫并雕斋文集》《龙虫并雕斋琐语》等。可见了一先生志向之所在。这一件事情，看似微末，实则不然。从中国学术史上来看，学者们大致分为两类：一类专门从事钻研探讨，青箱传世，白首穷经，筚路蓝缕，独辟蹊径，因而名标青史，举世景仰；一类专门编写通俗文章，用现在的话来说，就是做普及工作。二者之间是有矛盾的，前者往往瞧不起后者，古人说："雕虫小技，壮夫不为。"可以充分透露其中消息。实际上，前者不乐意、不屑于做后者的工作，往往是不善于做。能兼此二者之长的学者异常得少，了一先生是其中之一。在前者中，他是巨人；对于后者，他不但乐意做，而且善于做。他那许多通俗的文章起了很大的作用。他的著作《江浙人怎样学习普通话》《广东人怎样学习普通话》，对于普及普通话工作所起的推动作用，是难以估量的。从这里也可以看出了一先生的远大的眼光和广阔的胸怀。我认为，这是非常非常难得的，是值得我们大家都去学习的。"阳春白雪"，我们竭诚拥护，这是不可缺少的。难道说"国中属而和者数千人"的"下里巴人"就不重要，就是可以缺少的吗？

我在上面谈了我对了一先生为人和为学的一些看法。在世界和中国学术史上，常常碰到一种现象，那就是：一个学者的为人和为学两者之间有矛盾。有的人为学能实事求是，朴实无华，而为人则诡谲多端，像神龙一般，令人见首不见尾。另外一些人则正相反，为学奇诡难测，而为人则淳朴坦荡。我觉得，在了一先生身上，为人与为学则是完全统一的。他真正是文如其人，或者人如其文。在这两个方面他给人的印象都是本本分分，老老实实，只有实事求是之心，毫无哗众取宠之意。大家都会承认，这一点是非常难得的。

多少年来，我曾默默地观察、研究中国的知识分子，了一先生也包括在里面。我觉得，中国知识分子实在是一群很特殊的人物。他们的待遇并不优厚，他们的生活并不丰足，比起其他国家来，往往是相形见绌。但是，时过境迁，到了今天，我从知识分子口中没有听到过多少抱怨的言谈，从了一先生口中也没有听到过。他们依然是任劳任怨，勤奋工作，"焚膏油以继晷，恒兀兀以穷年"。他们中的很多人真正做到了"淡泊以明志，宁静以致远"。为培养青年学生，振兴祖国学术而拼搏不辍。在这样一些人中，了一先生是比较突出的一个。如果把这样一群非常特殊的人物称为世界上最好的知识分子，难道还有什么不妥之处吗？

人们不禁要问：原因何在呢？难道中国知识分子是一群圣人、神人、不食人间烟火的仙人吗？当然不是。我个人认为，只有在过去是半殖民地半封建的中国，这样的知识分子才能出现。在这些人身上，爱国主义是根深蒂固、血肉相连的。帝国主义国家的某些（不是全体）知识分子，不管在国家兴旺时多么高谈爱国，义形于色，只要稍有风吹草动，立即远走高飞，把自己的国家丢到脖子后面，什么爱国主义，连一点影子都没有了。在中国则不然。知识分子在旧社会吃过苦头，受到过帝国主义者的压迫。今天得到了解放，当然会由衷地欢畅和感激。要说他们对今天的情况完全满意，那也不是事实。但是，只要向前看，就可以看到，不管我们目前还有多少困难和问题，不管还有多少大风大浪，总起来说，我们的社会还是向上的，前途是光明的。因此，中国知识分子的爱国之情绝不会改变。这一点，在了一先生身上，在许多知识分子身上，显得非常突出。我觉得，这是中国知识分子最可宝贵的品质，年轻一代人应该永远保持下去。

了一先生离开我们了。但是，他的人品，他的学术却永远不会离开我们。他留给我们的千万字的学术著作是我们的宝贵财富。我们要认真学习、研究，再发扬光大之，使中国的语言研究更上一层楼。这不是我一个人的想法，从这一册琳琅满目的纪念论文集中，我仿佛听到了我们大家的共同的心声。

愿了一先生为人和治学的精神永存。

1987 年 11 月 4 日

---

* 本文原为《王力先生纪念论文集》序言。

怀念
丁声树同志

声树同志研究的范围,我甚少通解,因而不敢赞一词。但是,对于他作为一个人,作为一个学者,我却是十分敬佩的,觉得颇有一些话要说。

在新中国成立初的一段时间内,我住在城内沙滩红楼和翠花胡同,在沙滩一个小饭铺里经常同他一起吃饭,又有许多机会同他一起开会。他给我的印象是淳朴、诚恳,蔼然儒者气象。后来听许多人讲到,声树同志极俭,而待人极厚,对自己要求极严,处处以最高标准要求自己。这方面的事迹,如果搜集起来,可以写成一本书。他的道德水平达到了很高的境界。在今天社会上道德准则不断滑坡的情况下,他的举动可以给人以针砭,给人以策励。

作为一个学者,他的著述虽然不算多。但是,据真正的内行说,他的每一篇文章都是千锤百炼的产品,达到了很高的水平。在这方面,他对自己要求很严格,对别人要求也同样很严格。在今天学术道德也不见得令人满意的情况下,其著述也可以给我们以针砭,给我们以策励。

总之,从为人和为学两个方面来看,声树同志都可以成为我们的楷模。他会永远活在我们心中,我们会永远向他学习。

1989年4月10日

记
张岱年先生

我认识张岱年先生,已有将近七十年的历史了。20世纪30年代初,我在清华念书,他在那里教书。但是,由于行当不同,因而没有相识的机会。只是不时读到他用张季同这个名字发表的文章,在我脑海里留下了一个年轻有为的学者的印象,一留就是二十年。

时移世变,沧海桑田,再见面时已是1952年院系调整以后了。当时全国大学的哲学系都合并到北大来,张先生也因而来到了北大。我们当年是清华校友,而今又是北大同事了。仍然由于行当不同,平常没有多少来往。1957年反右,张先生受到了牵连。这使我对他更增加了一种特殊的敬意。我有一个自己认为是正确的意见:凡被划为右派者都是好人,都是正直的人,敢讲真话的人,真正热爱党的人。但是,我绝不是说,凡没有被划者都不是好人。至于我自己,我蹲过牛棚,说明我还不是坏人,是我毕生的骄傲。没有被划为右派,说明我还不够好,我认为这是一生憾事,永远再没有机会来补课了。

张先生是哲学家,对于中国哲学史的研究有湛深的造诣,这是学术界的公论。愧我禀性愚鲁，不善于做邃密深奥的哲学思维，因此对先生的学术成就不敢赞一词。独对于先生的为人，则心仪已久。他奖掖后学，爱护学生，极有正义感，对任何人都不阿谀奉承，凛然一身正气，又绝不装腔作势，总是平等对人。这样多的优秀品质集中到一个人的身上，再加上真正淡泊名利，唯学是务，在当今士林中，真堪为楷模了。

《论语》中说"仁者寿"。岱年先生是仁者，也是寿者。我读书有一个习惯：不管是读学术史，还是读文学史，我首先注意的是中外学者和文学家的生卒年月。我吃惊地发现，古代中外著名学者或文学家中，寿登耄耋者极为稀少。像泰戈尔的八十，歌德的八十三，托尔斯泰的八十二，真如凤毛麟角。许多名震古今的大学问家和大文学家，多半是活到五六十岁。现在，我们已经换了人间，许多学者活得年龄都很大，像冯友兰先生、梁漱溟先生等等都活过了九十。冯先生有两句话：何止于米，相期以茶。"米寿"是八十八岁，"茶寿"是一百零八岁。现在张先生已经过米寿二年，距茶寿十八年。从他眼前的健康情况来看，冯先生没有完成的遗愿，张先生一定能完成的。张先生如果能达到茶寿，是我们大家的幸福。绿章夜奏通明殿，乞赐张老十八春。

1999 年 1 月 10 日

悼念
邓广铭先生

我认识恭三（邓广铭先生之字）已经很有些年头了。因为同是山东老乡，我们本应该在20世纪20年代前期就在济南认识的。但因他长我四岁，中学又不在一个学校，所以在那里竟交臂失之，一直到了30年代前期才在北京相识，仍然没有多少来往。紧接着，我又远适异域，彼此不相闻者十余年。1946年，我从欧洲回国，来北大任教。当时恭三是胡适之校长的秘书。我每每到沙滩旧北大孑民堂前院东屋校长办公室去找胡先生，当然都会见到恭三，从此便有了比较多的来往，成了算是能够知心的朋友。

恭三是历史学家，专门治宋史，卓有建树，腾誉国内外士林，为此道权威。先师陈寅恪先生有一个颇为独特的见解。他在《邓广铭〈宋史职官志考证〉序》中写道："华夏民族之文化，历数千载之演进，造极于赵宋之世，后渐衰微，终必复振。"而"复振"的希望有一部分他就寄托在恭三身上。他接着写道："宋代之史事，乃今日所亟应致力者。"然而这一件工作，邓并不容易做，因为宋史阙误特多，而在诸正史中，卷帙最为繁多。由此可见，欲治宋史，必须有勇气，有学力。"数百年来，真能熟读之者，实无几人。"恭三就属于这仅有的"几人"之列。对于《宋史职官志考证》一书，陈先生的评价是："其用力之勤，持论之慎，并世治宋史者，未能或之先也。"这是极高的评价。熟悉陈先生之为人者都知道，陈先生从不轻易月旦人物，对学人也从未给予廉价的赞美之词。他对恭三的学术评价，实在值得我们注意和深思。

近些年来，由于众所周知的原因，国内大学及科研机构中，从事人文社会科学研究事业者，大都有后继乏人之慨叹。实际情况也确实是这样，确实值得人们担忧。阻止或延缓这种危机的办法，目前还没有见到。有个别据要津者，本应亡羊补牢，但也迟迟不见行动，徒托空言，无济于事。这绝非杞人忧天的想法，而是迫在眉睫的灾难。我辈这一批手无缚鸡之力的知识分子，虽然知之甚急，忧之极切，但也只能"惊呼热中肠"而已。

在这样的危机中，宋史研究当然也不会例外。但是，恭三是有福的。他的最小的女儿邓小南，女承父业，接过了恭三研究宋史的衣钵，走上了研究宋史的道路，虽然年纪还轻，却已发表了一些颇见水平的论文，崭露头角，将来大成可期。恭三不出家门，就已后继有人，他可以含笑于九泉之下或九天之上了。我也为老友感到由衷的高兴。

恭三离开我们时，已经达到九十岁高龄。在中国几千年的学术史上，我还想不起哪一个学者曾活到这般年纪。但是，从他的身体状态，特别是心理状态来看，他本来是还能活下去的。他虽身患绝症——他自己并不知道——但在病床上还讲到要回家来写他的《岳飞传》。我们也都希望，他真能够"何止于米，相期以茶"。即使达不到一百零八岁的茶寿，但是九十九岁的白寿，或者一百岁的期颐，努一把力，还是有希望的。可是死生之事大矣，是不能由我们自己来决定的。我们含恨同他告别了。

回忆我们长达半个世纪的交谊，让我时有凄凉寂寞之感。新中国成立前在沙滩时，我们时常在一起闲聊，上天下地，无所不聊，但是聊得最热烈的却是胡校长竞选国民党的国大代表和传说蒋介石放出风来有意推胡为"总统"的事。我们当时政治觉悟都不够高，但是，以我们那种很低的水平，也能够知道蒋介石之心是路人皆知。可笑或可悲的是，聪明如胡先生者竟颇有相信之意。我们共同的结论是：胡毕竟是一个书生，说不好听的，是一个书呆子。

以后不久，我同恭三等一批也是书呆子的人，迎来了新中国成立，一时心情极为振奋。1962年以后，朗润园六幢公寓楼落成，我们相继搬了进来。在风光旖旎的燕园中，此地更是特别秀丽幽静。虽然没有"四时不谢之花，八节长春之草"，却也有茂林修竹，翠湖青山。夏天红荷映日，冬日雪压苍松。这些当然都能令人赏心悦目，这已极为难得。但是，光有好风景，对一些书呆子如不佞者，还是不够的，我需要老朋友，需要素心人。陶渊明诗："闻多素心人，乐与数晨夕。"这正是我所要求的，而我也确实得到了。当年全盛时期，张中行先生住在这里，虽然来往不多，但是早晨散步时，有时会不期而遇，双方相向拱手合十，聊上几句，就各奔前程了。这一早晨我胸中就暖融融的，其乐无穷。组缃是清华老友，也曾在这里住过。常见一个戴儿童遮阳帽的老头儿，独自坐在湖边木椅上，面对半湖朝日，西天红霞。我顾而乐之，认为这应当归入朗润几景之中。"素心人"中，当然有恭三在。我多次讲过，我是最不喜欢拜访人的人，我同恭三，除了在校内外开会时见面外，平常往来也不多。四五年前，我为写《糖史》查资料，每天到北大图书馆去。回家时，常在路上碰到恭三，他每天上午11点前必到历史系办公室去取《参考消息》。他说，他故意把《参考消息》订在系里，以便每天往返，借以散步，锻炼身体。两耄耋老人每天在湖边相遇，这也可算是燕园后湖一景吧。

然而，光阴荏苒，时移世异，曾几何时，中行先生在校外找到房子，乔迁新居。虽然还时通音问，究亦不能在清晨湖畔，合十微笑了。我心头感到空荡荡的，大发思古之幽情。但是，中行先生还健在，同在一城中，楼多无阻拦，因此，心中尚能忍受得住。至于组缃和恭三，则情况迥乎不同。他们已相继走到了那一个长满了野百合花的地方，永远，永远地再也不回来了。此时，朗润园湖光依旧潋滟，山色依旧秀丽，车辆依旧奔驰，人物依旧喧闹。可是在我的心中，我却感到空虚、荒寒、寂寞、凄清，大有"前不见古人，后不见来者"之慨,真想"独怆然而涕下"了。默诵东坡词"人有悲欢离合,月有阴晴圆缺,此事古难全",聊以排遣忧思而已。

中华民族毕竟是一个伟大的民族。四大发明,震撼寰宇、辉耀千古,我们在这里暂且不谈。我只谈一个词儿:后死者。在这世界上其他语言中还没有碰到过。从表面上来看,这只是一个非常普通的词儿。但仔细一探究,却觉其含义深刻,令人回味无穷。对已死的人来说,每一个活着的人都是一个"后死者"。可这个词儿里面蕴含着哀思、回忆、抚今追昔,还有责任、信托。已死者活在后死者的记忆中,后者有时还要完成前者未竟之业,接过他们手中曾握过的接力棒,继续飞驰,奔向前方,直到自己不得不把接力棒递给自己的"后死者",自己又活在别人回忆里了。人生就是如此,无所用其愧恨。现在我自己成了一个"后死者",感情中要承担所有沉重的负担。我愿意摆脱掉这种沉重的负担吗?我扪心自问,还不想摆脱,一点摆脱的计划都没有。我愿意背着这个沉重的"后死者"的十字架,一直背下去,直到非摆脱不行的时候。但愿那一天晚一点来!

1998年2月22日

我的朋友
臧克家

我只是克家同志的老朋友之一，我们的友谊已经有六十多年了。我们中国评论一个人总是说道德文章，把道德摆在前边，这是我们中华民族优秀文化的表现之一，跟西方不一样。那么我就根据这个标准，把过去六十多年中克家给我的印象讲一讲。

第一个讲道德。克家曾在一首诗里说过，一个叫责任感，一个叫是非感，我觉得道德应该从这地方来谈谈。是非、责任，不是小是小非，而是大是大非。什么叫大是大非呢？大是大非就是关系到我们祖国，关系到我们人民，关系到世界，也就是要拥护社会主义，拥护共产主义，这是大是大非。我觉得责任也在这个地方。克家在过去七十多年中，尽管我们国内的局势变化万千，可是克家始终没有落伍，能够跟得上我们时代的步伐，我觉得这是非常难得的。这就是大是大非，就是重大的责任。我觉得从这地方来看，克家是一个真正的人。至于个人，他给我的印象是一个像火一样热情的诗人，对朋友忠诚可靠，终生不渝，这也是非常难得的。关于道德，我就讲这么几句。

关于文章呢，这就讲外行话了。当年我在清华大学念书，就读到克家的《烙印》《罪恶的黑手》。我不是搞中国文学的，但我有个感觉就是克家作诗受了闻一多先生的影响。我一直到今天，作为一个诗的外行来讲，我觉得作诗，既然叫诗，就应该有形式。那种没形式的诗，愧我不才，不敢苟同。克家一直重视诗，我觉得这里边有我们中国文化的传统。我们中国的语言有一个特点，就是讲炼字、炼句，这个问题，在欧洲也不能说没有，不过不能像中国这么普遍这样深刻。过去文学史上传来许多佳话，像"云破月来花弄影"那个"弄"字，"红杏枝头春意闹"那个"闹"字，"春风又绿江南岸"那个"绿"字。可惜的是炼字这种功夫现在好像一些年轻人不大注意了。文字是我们写作的工具。我们写诗、写文章必须知道我们使用的工具的特点，莎士比亚用英文写作，英文就是他的工具。歌德用德文写作，德文就是他的工具。我们使用汉字，汉字就是我们的工具。可现在有些作家，特别是诗人，忘记了他的工具是汉字。是汉字，就有炼字、炼句的问题，这一点不能不注意。克家呢，我觉得他一生在这方面倾注了很多的心血，而且获得了很大的成功。克家的诗我都看过，可是我不敢赞一词，我只想从艺术性来讲。我觉得克家对这方面非常重视。这个问题非常重要。我因此就想到一个问题，可这个问题太大了，但我还想讲一讲。我觉得我们过去多少年来研究中国文学史，特别是古典文学，好像我们对政治性重视，这个应该。可是对艺术性呢，我觉得重视得很不够。大家打开今天的文学史看看，讲政治性，讲得好像最初也不是那么深刻，一看见"人民"这样的词，类似"人民"这样的词，就如获至宝；对艺术性，则三言两语带过，我觉得这是很不妥当的。一篇作品，不管是诗歌还是小说，艺术性跟思想性总是辩证统一的，强调一方面，丢掉另外一方面是不全面的。因此我想到，是不是我们今天研究文学的，特别是研究古典文学的，应该在艺术性方面更重视一点。我甚至想建议重写我们的文学史。现在流行的许多文学史都存在着我说的这个毛病。我觉得，真正的文学史不应该是这个样子。

我祝我的老朋友克家九十、一百、一百多、一百二十，他的目标是一百二十，所以我想祝他长寿！健康！

1994 年 10 月 18 日

痛悼
克家

克家走了,永远永远地走了。有人认为是意内之事:一个老肺病,能活到九十九岁,才撒手人寰,不能不算是一个奇迹。在这个奇迹中建立首功者是克家夫人郑曼女士。每次提到郑曼,北大教授邓广铭则赞不绝口。他还利用他的相面的本领,说郑曼是什么"南人北相"。除了相面一点我完全不懂外,邓的意见我是完全同意的。

克家和我都是山东人,又都好舞笔弄墨。但是认识比较晚,原因是我在欧洲滞留太久。从1935年到1946年,一去就是十一年。我们不可能有机会认识。但是,却有机会打笔墨官司。在他的诗集《烙印》中,有一首写洋车夫的诗,其中有两句话:

夜深了不回家,还等什么呢?

这种连三岁孩子都能懂得的道理——无非是想多拉几次,多给家里的老婆孩子带点吃的东西回去,而诗人却浓墨重彩,仿佛手持宝剑追苍蝇,显得有点滑稽。因此,我认为这是败笔。

类似这样的笔墨官司向来是难以做结论的。这一场没有结论的官司导致了我同克家成了终身挚友。我去国十一年，1946年夏回到上海，没有地方可住，就睡在克家的榻榻米上。我生平第一次，也是唯一的一次喝醉了酒，地方就在这里，时间是1946年的中秋节。

此时，我已应北京大学任教授之聘。下学期开学前，我无事可做。克家是有工作的，只在空闲的时候带我拜见了几位学术界的老前辈。在上海住够了，卖了一块瑞士表，给家寄了点钱，又到南京去看望长之。白天在无情的台城柳下漫游，晚上就睡在长之的办公桌上。六朝胜境，恍如烟云。

到了三秋树删繁就简的时候，我们陆续从上海、南京迁回北平。但是，他住东城赵堂子胡同，我住西郊北京大学，相距大概总有七八十里路。平常日子，除了偶尔在外面参加同一个会，享受片刻的晤谈之乐之外，要相见除非是梦里相逢了。

然而，忘记了是从什么时候起，我们有了一个不言的君子协定：每年旧历元旦，我们必然会从西郊来到东城克家家里，同克家、郑曼等全家共进午餐。

克家天生是诗人，脑中溢满了感情，尤其重视友谊，视朋友逾亲人。好朋友进门，看他那一副手欲舞足欲蹈的样子，真令人心旷神怡。他里表如一，内外通明。你无论如何也不会想到有半句假话会从他的嘴中流出。

就连那不足七八平方米的小客厅，也透露出一些诗人的气质。一进门，就碰到逼人的墨色。三面壁上挂着许多名人的墨迹，郭沫若、冰心、王统照、沈从文等人的都有。这就证明，这客厅真有点像唐代刘禹锡的"陋室"，"谈笑有鸿儒，往来无白丁"，这两句有名的话，也确实能透露出客室男女主人做人的风范。

郑曼这一位女主人，我在上面已经说了一些好话，但是还没有完。她除了身上有那些美德外，根据我的观察，她似乎还有一点特异功能。别人做不到的事她能做到，这不是特异功能又是什么呢？我举一个小例子——种兰花。兰花是长在南方的植物，在北方很难养。我事前也并不知道郑曼养兰花。有一天，我坐在"陋室"中，在不经意中，忽然感到有几缕兰花的香气流入鼻中。鼻管里没有多大地方，容不下多少香气。人一离开赵堂子胡同，香气就随之渐减。到了车子转进燕园深处后湖十里荷香中时，鼻管里已经恍兮惚兮，其中有物无物也不知道了。

明眼人一看就知道，上面的说法，或者毋宁说是幻想，是没有人会认真付诸实践的。既然不能去实行，想这些劳什子干吗？这就如镜中月、水中花，聊以自悦而已。

写到这里我偶然想到克家的两句诗，大意是：有的人在活着，其实已经死了；有的人死了，其实还在活着。

克家属于后者，他永远永远地活着。

2004 年 10 月 22 日

春城
忆广田

　　昆明素有"春城"之称，这个称号真正是名副其实的。哪一个从外地来到这里的人，一下飞机，一下火车，不立刻就感到这里是春意盎然，春光无限呢？我们读旧小说，常常遇到"四时不谢之花，八节长春之草"之类的句子。我从前总以为，这是小说家言，不足信的，这只是用来描绘他们心目中的阆苑仙境的。然而，到了昆明以后才知道，这并非幻想，而是事实。如果人世间真有阆苑仙境的话，那么昆明就是一个。

　　我对昆明并不陌生，我来到这里已经有五六次之多了。二十多年前，当我第一次到昆明的时候，我立刻就惊诧于这座城市风光之美丽，民风之淳朴。但是，我当时觉得，这里的街道还是比较狭窄的，铺的全是石头，街旁的建筑物也比较古老，都是用木头建成的。我脑海里立刻浮现出"边城"两个字，虽然我对于什么叫"边城"也并不十分清楚。

　　但是，这里的自然风光之美毕竟是非常可爱的。谈到这里的自然风光，那真可以说是有口皆碑。五百里滇池当然是名闻天下的。即如西山的巍峨，龙门的险峻，圆通山的花潮,曹溪寺的元梅,黑龙潭的清幽,华亭寺的堂皇,筇竹寺的五百罗汉和孔雀杉,金殿的铜瓦铜柱,大观楼的长联,省图书馆的收藏,所有这一切都给人留下深刻的印象,屡见于古往今来文人骚客的文章中。蔚为天下奇观。再谈到昆明以及云南各处的茶花,那真可以说是天下无二。我们平常见到的花,雄奇的很多,秀丽的也不少。但兼有两者之长的,却绝无仅有。"国色朝酣酒,天香夜染衣",秀丽固秀丽矣,但雄奇则有所不足。高树顶上的槐花,雄奇固雄奇矣,秀丽则大为欠缺。兼有两者的,在印度我见到的有木棉花,在中国则是茶花。试想在高大的树上开着碗口大的五颜六色的花朵,秀色夺人眼目,姿态快人胸怀,绚丽多彩,宛如天空中一朵朵云霞。我们这些生长在北国的只见过雄奇而不秀丽,或只秀丽而不雄奇的花朵的人,看到这一些,难道能不为之惊叹吗?

倘若我们再登上龙门远眺,我们那惊叹的程度绝不会下于看到茶花。这里真称得上是天下奇景。试闭目想一想,在壁立千仞的悬崖峭壁上,硬是用人力一斧一凿,凿出了一条曲径、几座庙宇、许许多多的对联、无数尊的神像,难道不感到有点不可思议吗?这些对联绝不是空话俗套,而是描写了眼前的景色,抒发了人们登临的感受。"一径起细雨,千林散绿荫",情景宛在眼前。"仰笑宛离天尺五,凭临恰在水中央",把山高水长的景色描绘得具体生动。这只能用到龙门,绝不能移用到别处。所谓"水中央"当然指的是滇池。我们站在龙门最高处，俯瞰滇池，下临无地，五百里滇池尽收眼底。风帆点点，烟水茫茫，稻田青青，堤岸长长。古人诗云："气蒸云梦泽，波撼岳阳城。"我们站在这里，大有"波撼昆明城"之感。甚至在水天渺茫中，我们仿佛还感到我们所在的龙门，都在随着水波的滚翻而轻轻地震摇。这就不仅仅是"波撼昆明城"，更是"波撼龙门巅"了。这还只是眼前的景色。这里还有许多优美的神话传说，比如孝牛泉的传说等等。最优美的还是关于龙门最高处那一个魁星像的传说。这一座魁星像也是同其他神像一样是完全用石头雕成的。据说一个石匠用了毕生精力，雕琢这一座神像。雕到最后，只剩下魁星手中拿着的那一支笔了。也许是因为耗尽了精力，竟然失手把笔凿断。他一时怨恨交加，纵身投下悬崖，以身殉艺。不管这传说是真是假，不是对我们都很有启发吗？

这样的自然风光固然非常迷人，这里的淳朴的民风迷人的程度绝不下于自然风光。外地到过昆明的人都会异口同声表示同感。我常常跟朋友开玩笑说，我不但迷信相面，而且还迷信相声（不是那个曲艺的相声）。我相信，从一个人的方言的声调中可以听出他的性格来。昆明的方言的声调透露出什么样的性格来呢？透露的是淳朴、正直、热情、忠厚。当我第一次到昆明来的时候，从本地人说话的声调中，我就得了这样一个印象。以后我多次到过昆明，同本地人接触越来越多，就充分证实了我的印象。许多大大小小的事情，越来越证明我的看法颇有一些道理。前几天我在宾馆里同一位老同志开玩笑，说到我的迷信。他经过仔细的品味和考虑，竟然同意了我的看法。这就使我颇有点沾沾自喜了。真的，到过昆明的人，同本地人一接触，谁会不为他们那种诚恳淳朴的言谈举止所感动呢？谁会不感到来到这座春城就像处在盎然的春意中而怡然自得呢？在这样的情况下，我也就越来越喜欢昆明，越来越爱昆明人了。

昆明风光之美丽，民风之淳朴，确实都是值得赞美的，值得怀念的。但是昆明，也像全国各地一样，曾经经受过一番剧烈的凄风苦雨。在风雨交加中，我是泥菩萨过江，自身难保。有时候，特别是在失掉自由的时候，也胡思乱想，想到自己平生美好的际遇，想到所见所闻给我印象最深的人物和地方，其中当然也有昆明。一想到昆明的风光和民风，脑海里立刻就横七竖八地插上了一些茶花的影子、龙门的影子。耳边也仿佛响起了昆明人说话淳朴的声音。但是紧接着想到的就是：这些都是过去的事情了，与自己无缘了。自己今生大概再也不会重新见到昆明了。我是多么想念昆明啊！

但是，出我意料之外地快。凄风苦雨终于过去了，我没有敢期望再见到的东西又见到了。对我来讲，这简直像是一个奇迹：我现在又来到了昆明。我的那种边城之感，在前几次来的时候已经消逝无踪。现在看到的昆明是一座充满了阳光、花朵、诗情、画意的春城。同全国各地一样，昆明在经过了一番磨炼之后，现在不是磨倒，而是磨炼得更美丽、更明朗、更生动、更清新。我感到在这里太阳特别明亮，天空特别蔚蓝，空气特别新鲜，微风特别宜人，树木特别浓绿，花朵特别红艳。到了春城，我自然而然地想到唐代诗人韩翃的一首著名的诗《寒食》：

> 春城无处不飞花，
> 寒食东风御柳斜。
> 日暮汉宫传蜡烛，
> 轻烟散入五侯家。

又是出我的意料，我在到昆明的当天下午带一位年轻的同志游翠湖的时候，竟在那里举办的一个花展和画展上看到有人用酣畅的书法书写的这一首诗。可见昆明人也是把这座春城同这一首名诗联系在一起的，我心里窃窃自喜。从此我又想到，昆明是一座有文化的城，这里的人是有高度文化的人。你只要看一看那些花盆上雕刻的字和画，甚至蒸鸡用的汽锅上的画和字，就能够知道这里文化水平是多么高了。

我来到这里，当然不仅仅是欣赏花盆上和汽锅上的诗与画，我又到处去走了走。昆明的名胜古迹很多，我前几次来时，都已游遍，而且游了不止一次。但是这些地方都是百看不厌的，我这次当然不会放过重游的机会。我不仅游了龙门、华亭寺、太华寺、筇竹寺、曹溪寺、圆通寺、珍珠泉、温泉等地，在所谓"天下第一汤"的泉水洗了澡，而且还长途跋涉重游了石林，到处风光如旧而胜于旧。我到处重温旧梦，颇多感慨。在风雨飘摇中，这些古迹基本上没有遭到破坏，这是十分令人宽慰的。特别是游圆通寺的时候，我的感慨更是特别多。上一次来游时，大殿神像，完整无缺，回廊清池，一片肃穆气象，颇有"曲径通幽处，禅房花木深"之感。这次重游，寺院正在修缮，到处是零乱的砖石堆，许多塑像都已不见。我一方面慨叹那种罪恶的破坏，使我憎恨过去的那一些蠢事。但是，在另一方面，看到重新油漆彩绘的殿堂，我眼前好像是乌云消尽，阳光普照，又对当前和将来充满了希望。我们伟大的祖国，我们伟大祖国的未来，毕竟是蒸蒸日上、光辉无量的，不是任何人可以破坏得了的。我能不兴会淋漓逸兴飞吗？

特别令我忆念难忘的是著名京剧演员关肃霜同志，她主演了全本《铁弓缘》。我虽然看了几十年京剧，但对京剧却完全是一个外行。不过外行也有外行的优点，他没有框框，不懂得清规戒律，他能看出一般内行人因囿于习惯而看不出来的东西。我自命就是这样一个外行。我真是惊诧于她那技巧的纯熟，功力的深厚，文武双全，唱作俱佳。在全国京剧演员中，像她这样的人才，恐怕已如凤毛麟角绝无仅有了。以半百之年，而且在饱经风霜之后，竟然还能达到这样炉火纯青的水平，我们所有观看她演出的人无不啧啧称赞。难道是偶然的吗？当我们上台感谢她的演出时，她再三强调自己演得不好。这种虚怀若谷的精神，更使我们感动。我上面再三讲到昆明人情之美,据我了解,关肃霜同志不是昆明人,但在昆明已经住了几十年,我现在把她也当作昆明人的代表,我想昆明人和她自己大概都不会出来反对吧!

总之,所有这一些风光之美,人情之美,这一次重游昆明,我都已经充分地享受到了。我真是感到无限的喜悦,无限的兴奋。在昆明短暂的停留,日子过得简直像在天堂里一般。但是,在我的内心深处我总感到好像缺少点什么,我感到有点不足,有点惘然,有点寂寞,有点凄凉,有点惆怅,有点悲哀。古人的诗说:"冠盖满京华,斯人独憔悴。"我想改一改:"冠盖满昆明,斯人独已逝。"昆明就缺少了一个人,这一个人在我前几次来昆明时,总是要见一面的。尽管时间极短,但是情谊很深。我之所以常常怀念昆明,同他也是不无关联的。然而,这一次重来,他却到哪里去了呢?我是多么怀念这个人啊!

这个人不是别人,就是李广田同志。

他原名曦晨,不知从什么时候改名广田。我们在中学并不是同学,第一次见面的情景,现在也回忆不清了。不知怎么一来,我们就认识了。在北京读书的时候,他在北大,我在清华。距离虽然很远,但也时常见面。他有时候从城内长途跋涉,到清华园去看我。相聚的时间不长,我却是非常喜欢他的。他的为人,正如他的诗文一样,恳切真挚,朴素无华,真正是文如其人,或者人如其文。后来,我离开祖国,到一个很遥远的地方去,待了十多年。因为当时我们国家和世界上都正是多事之秋，我们没有能够通信。我回国以后，到了北京，他不久也到了北京。碰巧我们俩都担任了北京一个中学的校董，开会时又常常见面，一面叙旧，一面谈心，过了一段非常愉快的日子。又过了不久，他调到昆明在云南大学担任领导职务。我那时还没有到过昆明，只是从书本上和人们的口中知道昆明的情况，是所谓"四时无寒暑，一雨便成冬"的容易引起人们幻想的地方。曦晨这样一个人，到昆明这样一个地方来，我觉得真是珠联璧合，相得益彰。我为他祝贺，也为昆明祝贺。他调来昆明的第三年，我第一次到了昆明，同曦晨见了面。一别三年，他乡音无改，衣着如旧，站在我面前的还是那一个恳切真挚、朴素无华的我多年见惯了的曦晨。我们都没有想到我们竟在万里之外见了面，我心里真是非常的高兴。以后，我几次到过或经过昆明，又同曦晨见过几面，都给我带来了极大的愉快。有时候在报刊上读到他写的诗文，也都感到异常的亲切。

然而，好景不久，上面已经提到的那一阵凄风苦雨突然飞袭过来。由于一个偶然的机会，我听到了他的噩耗。我当时并不怎样悲哀，那种事情我已经听惯了，不以为怪了。我的心灵已经麻木了。

今天我又由于一个偶然的机会，来到了这一座我梦寐以求的春城。我重游了许多地方，重温了旧梦。自然风光之美和人情之美越使我高兴，我就越惘然若有所失，时时处处不禁悲从中来。那一个在我的记忆中同这一座春城总是联系在一起的人哪里去了呢？大街上，我看到熙熙攘攘的行人。这些人都是好人，都有愉快地自由地生存的权利，都有为祖国献身的权利，都有享受这一座春城的权利。在林林总总的人群中为什么独独竟少了那一个人呢？他同我岁数差不多，他是能够活下来的。他热爱新中国，热爱新中国的教育事业；他热爱生活，热爱这一座春城。他有一颗热忱的心，他能够为祖国的教育事业贡献力量。他手里有一支生花的妙笔，他能够鼓吹升平，歌唱我们这一个太平盛世。他曾经高歌：

春光似海，
盛世如花。

他是多么热爱这似海的春光、如花的盛世啊！然而，这样一个人到哪里去了呢？我也是热爱这似海的春光、如花的盛世的，但我只觉得茫茫大地，独缺此人。我心里的空虚是无论如何也填补不起来的。我感到寂寞，感到凄凉。为了他，我将永远感到寂寞，感到凄凉。

我本来就是热爱这春城昆明的，现在又增加了一个促使我爱的因素。这里是广田生活过的地方，工作过的地方，他的遗骨又埋在这里。这就会使我的记忆的丝缕永远萦绕在这座美丽的春城周围。我将永远怀念广田，永远爱这座春城。

忆老友
于道泉 *

老友于道泉先生离开我们已经颇有些年头了。然而,他的音容笑貌至今还不时在我耳边、眼前飘动。可见他留给我的印象之深刻了。

古今中外的学术史、艺术史等里面都提供了一些例证,证明大凡有天才的人,其言论行动,在平常人眼中都难免有点怪。怪者,和平常人不同也。中国北宋大书画家米芾,字元章,是闻名古今的第一石痴。他举止癫狂,人称"米癫"。他玩石如醉如痴,最有名的就是"米芾拜石"的故事,不是传为千古佳话了吗?

于道泉先生是一个有天才的人,他的行动也常常被人认为有点"怪"。这一点,连他自己都有所感知。记得有一次他亲口对我说:"我的脑筋大概是有点问题。"关于这方面的传闻,那就更多了。据说,他为了学习藏文和蒙古文干脆搬进了雍和宫,同僧侣住在一起。他在巴黎时,听说西红柿极有营养,于是天天只吃西红柿,一天吃五六斤之多,结果泻了肚。在伦敦时,适逢陈寅恪先生在那里治疗眼疾,为了给寅恪先生解闷,他天天到医院里去给陈先生读书,读报。

读的书中就有马克思的《资本论》。但是同时他在研究"鬼学",他相信有鬼。离开北大到民族学院以后,他曾研究过无土种植,后来又研究号码代音字问题。总之,这些行动都被认为是"怪"的。

为什么这样的"怪"会同天才联系在一起呢?一个有天才的人,认准了一个问题,于是心无旁骛,精神专注,此时此刻,世界万物不存在了,芸芸众生不存在了,是非得失不存在了,飞黄腾达不存在了,在茫茫的宇宙中,只有他眼前的这一个问题,这一件事物。在这样的情况下,他焉能不发古人未发之覆,焉能不向绝对真理走近一步呢?

但是,在平凡人的眼中,这就叫作"怪",于道泉先生就是这样的一个怪人。

对于道泉先生,还必须进一步更深入更彻底地挖掘一下。我们平常赞美一个人,说他"淡泊名利",这已经是很高的赞誉了。然而,放在于道泉先生身上,这是远远不够的。他早已超越了"淡泊名利"的境界,依我看,他是根本不知道,或者没有意识到,世界上还有"名利"二字。他的这种超越,同尘世间庸俗之辈的蝇营狗苟的争名夺利的行径比较起来,有如天渊之别。于道泉先生是我们的楷模。

因为于道泉先生留下的学术著作不多,他那学富五车、满腹经纶的学养,今天很多青年学人都不知道了。这是极可惋惜的事。现在王尧教授编集成了这样一本书,发潜德之幽光,垂厚爱于未来,使于道泉先生这样一颗在中国学术界的天空里的流星又发出了璀璨明亮的光辉。我们都要感谢王尧教授。

2000 年 12 月 13 日

---

* 本文原为《平凡而伟大的学者——于道泉》序言。

悼念
姜椿芳同志

我认识姜老已经三十多年了。最初我们接触非常少，记得只谈过马恩著作的翻译问题。恩格斯的《英国工人阶级状况》，我曾有过一个初译草稿，后来编译局要了去加工出版了。他给我的第一个印象是：温文尔雅，恂恂然儒者风度。但是，我对他了解得并不多，也可以说是根本没有了解。只不过觉得，这个人还不错，可以交往而已。

只是到了最近一些年，姜老领导《中国大百科全书》的编纂工作，我也应邀参加，共同开了不少的会，我才逐渐加深了对他的认识。我对《中国大百科全书》的意义不能说一点认识也没有，但是应该承认，我最初确实认识很不够。大百科出版社成立时，我参加了许多与"大百科"没有直接关系的学术会议。我记得在昆明，在成都，在重庆，在广州，在杭州，当然也在北京，我参加的会内容颇为复杂，宗教、历史、文学、语言都有。姜老是每会必到，每到必发言，每发言必很长。不管会议的内容如何，他总是讲"大百科"，反复论证，不厌其详，苦口婆心，唯恐顽石不点头。他的眼睛不好，没法看发言提纲，也根本没有什么提纲，讲话的内容似乎已经照相制版，刻印在他的脑海中。我在这里顺便说一句朱光潜先生曾对我讲过：姜椿芳这个人头脑清楚得令人吃惊。姜老就靠这惊人的头脑，把"大百科"讲得有条有理，头头是道，古今中外，人名书名，一一说得清清楚楚。

但是，说句老实话，同样内容的讲话我至少听过三四次，我简直有点厌烦了。可是，到了最后，我一下子"顿悟"过来，他那种执着坚韧的精神感动了我，也感动了其他的人。我们仿佛看到了他那一颗为"大百科"拼搏的赤诚的心。我们在背后说，姜老是"百科迷"，后来我们也迷了起来。"大百科"的工作顺利进行下去了。

姜老不但为"大百科"呕心沥血，他对其他文化事业也异常关心。搞文化事业离不开知识分子。他自己是知识分子，他了解知识分子，他爱护团结知识分子，他关心知识分子的遭遇和心情。他曾多次对我谈到在中国出版学术著作困难的情况，以及出书难但买书也不易的情况。他有一套具体的解决办法，可惜没能实现。他还热心提倡中国的优秀剧种昆曲，硬是拉了我参加他倡导的一个学会，多次寄票给我，让我这个没有多少艺术细胞的人学会了欣赏。他对中国传统的绘画和书法也表现出极大的兴趣，他是一个有很高文化修养的人。

拿中国目前的标准来衡量，姜老还不能算是很老。他的身体虽然不算很好，但是原来也并没有什么致命的病。我原以为他还能活下去的，我从来没有把他同死亡联系在一起，他还有很多很多工作要去做啊！对我个人来说，我直觉地感到，他还有不少的打算要拉我共同去实现。我在默默地期待着，期待着。我幻想，总有一天他会对我讲出来的。然而，谁人能料到，他竟遽尔归了道山。我的直觉落空了，好多同我一样的老知识分子失掉了一位知心朋友，我们能不悲从中来吗？

最近几年，师友谢世者好像陡然多了起来，我心中受到了极大的震动。我一方面认为，这是自然规律，无法抗御，也用不着去抗御；另一方面，我又觉得自己大概也真正是老了，不免想到一些以前从没有想到的事情。生死事大，古人屡屡讲到。古代有一些人对于生死貌似豁达，实则是斤斤计较，三国时期的阮籍等人就属于这一类。我个人认为，过分计较大可不必，装出豁达的样子也有点可笑。但是，人非木石，孰能无情？师友一个个离开人间，能无动于衷吗？我只是想，一个人只能有一次生命，我从来不相信轮回转生。既然如此，一个人就应该在这短暂的只有一次的生命中努力做一些对别人有益，也无愧于自己的良心的事情，用一句文绉绉的话来说，就是实现自己生命的价值。能做到这一步，一生再短暂，也算是对得起这仅有的一次生命了。可惜的是，并不是每个人都能想到这一点，更不用说做到了。我认为，姜椿芳同志是真正做到了这一点的，他真正实现了自己生命的价值。椿芳同志可以问心无愧地安息了，永远安息了。

1988年1月22日

悼
许国璋先生

小保姆告诉我,北京外国语大学来了电话,说许国璋教授去世了。我不禁"哎哟"了一声。我这种不寻常的惊呼声,在过去相同的场合下是从来没有过的。它一方面表现了这件事对我打击之剧烈,另一方面其背后还蕴含着一种极其深沉的悲哀,有如被雷击一般。这是事前绝对没有想到的,我只有惊呼"哎哟"了。

我同国璋,不能算是最老的朋友,但是,屈指算来,我们相识也已有将近半个世纪了。在新中国成立初期的开会的热潮中,我们常常在各种各样的会上相遇。会虽然是各种各样,但大体上离不开外国语言和文学。我们亦不是一个行当,他是搞英语的,我搞的则是印度和中亚古代语言。但因为同属于外字号,所以就有了相会的机会。我从小学就开始学英语,以后在清华,虽云专修德语,实际上所有的课程都用英语来进行,因此我对英语也不敢说是外行,又因此对国璋的英语造诣也具有能了解的资格。英语界的同行们对他的英语造诣之高,无不钦佩。但是,他在这一方面绝无骄矜之气。他待人接物,一片纯真、朴实、诚恳、谦逊,但也并不故作谦逊状,说话实事求是,绝不忸怩作态。因此,他给我留下了非常美好的、毕生难忘的印象。

....

改革开放给人们带来了思想的活跃,带来了重新恢复起来的干劲,外国语言文学界也不例外。我同国璋先生,还有"洋三家村"的全体成员,以及南南北北的同行们,在暌离了十多年以后,又经常聚在一起开会。认真、细致地讨论一些为适应我国社会主义建设的有关外国语言文学的问题。最突出的例子是编写《中国大百科全书》的《外国文学卷》和《语言文字卷》的工作。此时,我们真正是心情愉快,仿佛拨云雾而见青天。那一顶顶"资产阶级法权""资产阶级反动学术权威"的虚无缥缈的、至今谁也说不清楚的然而却如泰山压顶似的大帽子,"三山半落青天外"了。我们无帽一身轻,真有用不完的劲。我同国璋每次见面,会心一笑,真如"如来拈花,迦叶微笑","心有灵犀一点通"了。

最难忘的是当我受命担任《语言文字卷》主编时的情景。这样一部能够而且必须代表有几千年研究语言学传统的世界大国语言学研究水平的巨著,编纂责任竟落到了我的肩上,我真是诚惶诚恐,如履薄冰。我考虑再三,外国语言部分必须请国璋先生出马负责。中国研究外国语言的学者不是太多,而造诣精深、中西兼通又能随时吸收当代语言新理论的学者就更少。在这样的考虑之下,我就约了李鸿简同志,在一个风大天寒的日子里,从北大乘公共汽车,到魏公村下车,穿过北京外院的东校园,越过马路,走到西校园的国璋先生的家中,恳切陈词,请他负起这个重任。他二话没说,立即答应了下来。我刚才受的寒风冷气之苦和心里面忐忑不安的心情,为之一扫。我无意中瞥见了他室中摆的那一盆高大的刺儿梅,灵犀一点,觉得它也为我高兴,似向我招手祝贺。

从那以后,我们的来往就多了起来,有时与《中国大百科全书》有关,有时也无关。他在自己的小花园里种了荷兰豆,几次采摘一些最肥嫩的,亲自送到我家里来。大家可以想象,这些当时还算是珍奇的荷兰豆,嚼在我嘴里是什么滋味。这里面蕴涵着淳厚的友情,用平常的词汇来形容,什么"鲜美",什么"脆嫩",都是很不够的,只有用神话传说中的"醍醐",只有用梵文"amra"(不死之药)一类的词儿,才能表达于万一。

他曾几次约我充当他的硕士生和博士生答辩委员会主席,请我在他住宅附近的一个餐厅里吃饭,有一次居然吃的是涮锅子。他也到我家来过几次,我们推心置腹,无话不谈。我们谈论彼此学校的情况,谈论当前中国文坛特别是外国语言文学界的新动向,谈论当前的社会风气。谈论最多的是青年的出国热。我们俩都在外国待过多年,绝不是什么土包子,但是我们都不赞成久出不归,甚至置国格与人格于不顾,厚颜无耻地赖在那个蔑视自己甚至污辱自己的国家里不走。我们当年在外国留学时,从来也没有久居不归的念头。国璋特别讲到,一个黄脸皮的中国人,那几个诺贝尔奖的获得者除外，在美国，除了在唐人街鬼混或者同中国人来往外，是很难打进美国社会去的。有一些中国人可以毕生不说英文，依然能过日子。神话传说中说"一人得道，鸡犬升天"，那一些中国人把一块中国原封不动地搬过了汪洋浩瀚的太平洋，带着鸡犬，过同在中国完全一样的日子，笑骂由他笑骂，好饭我自吃之，这究竟有什么意义呢？我同国璋禁不住唏嘘不已。"回思寒夜话明昌，相对南冠泣数行。"我们不是楚囚，也无明昌可话，但是我们的心情是沉重的，我们是欲哭无泪了。岂不大可哀哉！

最让我忆念难忘的是在我八十岁诞辰庆祝会上，我同国璋兄的会面。人生八十，寿登耄耋，庆祝一下，未可厚非。但自谓并没有做出什么了不起的成绩，而校系两级竟举办了这样大规模的庆祝活动。大会在电教大厅举行。本来只能容四百多人的地方，竟到了五六百人。多年不见的毕业老同学都从四面八方来到燕园，向我表示祝贺。我的家乡的书记也不远千里来了。澳门的一些朋友也来了。我心里实在感到不安。最让我感动的是接近米寿的冯至先生来了，我的老友，身体虚弱、疾病缠身的吴组缃兄也坐着轮椅来了。我既高兴，又忐忑不安，感动得我手忙脚乱，一时竟说不出话来。

又实在出我意料，国璋兄也带着一个大花篮来了。我们一见面，仿佛有什么暗中的力量在支配着我们，不禁同时伸出了双臂，拥抱在一起。大家都知道，这种方式在当前的中国还是比较陌生的。可我们为什么竟同时伸出了双臂呢？中国古人说:"诚于中,形于外。"在我们两人的心中,不知道从什么时候早已埋下了超乎寻常的感情。一种"贵相知心"的感情,在当时那一种场合下,自然而然地暴发了出来,我们只能互相拥抱了。

在我漫长的一生中,那一次祝寿会是空前的,是我完全没有意料到的。我周旋在男女老少五六百人的人流中,我眼前仿佛是一个春天的乐园,每一个人的笑容都幻化成一朵盛开的鲜花,姹紫嫣红,一片锦绣。当我站在台上讲话的时候,心中一时激动,眼泪真欲夺眶而出,片刻沉默,简直说不出话来。此情此景,至今记忆犹新。

我已年届耄耋,生活的时间既长,到的地方又多。我曾到过三十来个国家,有的国家我曾到过五六次之多,本来应该广交天下朋友,但是情况并非如此。我确实交了一些朋友,一些素心人,但是数目并不太多。我自己检查,我天生是一个内向的人,我自谓是性情中人。在当今世界上,像我这样的人是不合时宜的。但是,造化小儿仿佛想跟我开玩笑,他让时势硬把我"炒"成了一个社会活动家,甚至国际活动家。每当盛大场合,绅士淑女,峨冠博带,珠光宝气,照射牛斗。我看有一些天才的活动家,周旋其中,左一握手,右一点头,如鱼得水,畅游无碍。我内心真有些羡煞愧煞。我局促在一隅,手足无所措,总默祷苍天,希望盛会早散,还我自由。这样的人欲广交朋友,岂不等于骆驼想钻针眼吗?

我因此悟到:交友之道,盖亦难矣,其中有机遇,有偶合，有一见如故，有相对茫然。友谊的深厚并不与会面的时间长短成正比。往往有人相交数十年，甚至天天对坐办公，但是感情总是如油投水，绝不会融洽。天天"今天天气，哈，哈，哈！"，天天像英国人所说的那样像一对豪猪，必须保持一定的距离，天天在演"三岔口"，到了成不了真正的朋友。

反观我同国璋兄的关系，情况却完全不同。我们并不在一个学校工作，见面的次数相对说来并不是太多。我们好像真是一见如故，一见倾心，没有费多少周折。我们也都没有清晰地意识到，我们终于成了朋友，成了知己的朋友。难道真如佛家所说的那样人与人之间有缘分吗？

了解了我在上面说的这个过程，就能够知道，国璋的逝世对我的心灵是多么大的打击。我们俩都是唯物主义者，不信有什么来生，有什么天堂。能够有来生和天堂的信仰，也不是坏事，至少心灵可以得到点安慰。但是我办不到。我相信我们都只有一次生命，一别便永远不能再会。可是，如果退一步想，在仅有的一次生命中，我们居然能够相逢，而且成了朋友，这难道不能算是最高的幸福吗？遗体告别的那一天，有人劝我不要去。我心里想的却是，即使我不能走，我爬也要爬到八宝山，这最后的一面我无论如何也是要见的。当我看到国璋安详地躺在那里时，我泪如泉涌，真想放声痛哭一场。从此人天暌隔，再无相见之日了。呜呼，奈之何哉！奈之何哉！

1994年9月24日

怀念
乔木

乔木同志离开我们已经一年多了。我曾多次想提笔写点儿怀念的文字，但都因循未果。难道是因为自己对这一位青年时代的朋友感情不深、怀念不切吗？不，不，绝不是的。正因为我的怀念感真情深，我才迟迟不敢动笔，生怕亵渎了这一份怀念之情。到了今天，悲思已经逐步让位于怀念，正是非动笔不行的时候了。

我认识乔木是在清华大学。当时我不到二十岁，他小我一岁，年纪更轻。我念外语系，而他读历史系。我们究竟是怎样认识的，现在已经回忆不起来了，总之我们认识了。当时他正在从事反国民党的地下活动（后来他告诉我，他当时还不是党员）。他创办了一个工友子弟夜校，约我去上课。我确实也去上了课，就在那一座门外嵌着清华学堂的高大的楼房内。有一天夜里，他摸黑坐在我的床头上，劝我参加革命活动。我虽然痛恶国民党，但是我觉悟低，又怕担风险。所以，尽管他苦口婆心，反复劝说，但我这一块顽石愣是不点头。我仿佛看到他的眼睛在黑暗中闪光。最后，他叹了一口气，离开了我的房间。早晨，在盥洗室中我们的脸盆里，往往能发现革命的传单,是手抄油印的。我们心里都明白这是从哪里来的,但是没有一个人向学校领导去报告。从此相安无事,一直到一两年后,乔木为了躲避国民党的迫害,逃往南方。

此后,我从清华毕业后教了一年书,同另一个乔木(乔冠华,后来号"南乔木",胡乔木号"北乔木")一起到了德国,一住就是十年。此时,乔木早已到了延安,开始他那众所周知的生涯。我们完全走了两条路。恍如云天相隔,世事两茫茫了。

等到我于1946年回国的时候,解放战争正在激烈进行。到了1949年,解放军终于开进了北平城。就在这一年的春夏之交,我忽然接到一封从中南海寄出来的信。信开头就说:你还记得当年在清华时一个叫胡鼎新的同学吗?那就是我,今天的胡乔木。我当然记得的,一缕怀旧之情蓦地萦上了我的心头。他在信中告诉我说,现在形势顿变,国家需要大量的研究东方问题、通东方语文的人才。他问我是否同意把南京东方语专、中央大学边政系一部分和边疆学院合并到北大来。我同意了。于是有一段时间,东语系是全北大最大的系。原来只有几个人的系,现在顿时熙熙攘攘,车马盈门,热闹非凡。

到了1951年,我国政府派出了新中国成立后第一个大型的出国代表团:赴印缅文化代表团。乔木问我愿不愿参加,我当然非常愿意。我研究印度古代文化,却没有到过印度,这无疑是一件憾事。现在天上掉下来一个良机,可以弥补这个缺憾了。于是我畅游了印度和缅甸,留下了毕生难忘的印象。这当然要感谢乔木。

但是,我是一个上不得台盘的人,我很怕见官。两个乔木都是我的朋友,现在都当了大官。我本来就不喜欢拜访人,特别是官,不管是多熟的朋友,也不例外。新中国成立初期,我曾请"南乔木"乔冠华给北大学生做过一次报告。记得送他出来的时候,路上遇到艾思奇,他们俩显然很熟识。艾说:"你也到北大来老王卖瓜了!"乔说:"只许你卖,就不许我卖吗?"彼此哈哈大笑。从此我就再没有同乔冠华打交道。同"北乔木"也过从甚少。

说句老实话,我这两个朋友——南北两"乔木"都没有官架子。我最讨厌人摆官架子,然而偏偏有人爱摆。这是一种极端的低级趣味的表现。我的政策是:先礼后兵。不管你是多么大的官,初见面时,我总是彬彬有礼。如果你对我稍摆官谱,从此我就不再理你,见了面也不打招呼。知识分子一向是又臭又硬的,反正我决不想往上爬,我完全无求于你,你对我绝对无可奈何。官架子是抬轿子的人抬出来的。如果没有人抬轿子,架子何来?因此我憎恶抬轿子者胜于坐轿子者。如果有人说这是狂狷,我也只等秋风过耳边。

但是,乔木却绝不属于这一类的官。他的官越做越大,地位越来越高,被誉为党内的才子、大手笔,俨然执掌意识形态大权,名满天下。然而他并没有忘掉故人。特别是"文化大革命"以后,我们都有独自的经历。我们虽然没有当面谈过,但彼此心照不宣。他到我家来看过我。他的家我却一次也没有去过。什么人送给了他上好的大米,他也要送给我一份。他到北戴河去休养,带回来了许多个儿极大的海螃蟹,也不忘记送我一筐。他并非百万富翁,这些可能都是他自己出钱买的。按照中国老规矩——来而不往,非礼也——投桃报李,我本来应该回报点儿东西的,可我什么吃的东西也没有送给乔木过。这是一种什么心理呢?我自己并不清楚。难道是中国旧知识分子,优秀的知识分子那种传统心理在作怪吗?

....

有一次,乔木想约我同他一起到甘肃敦煌去参观。我委婉地回绝了。并不是我不高兴同他一起出去,我是很高兴的,但是,一想到下面对中央大员那种逢迎招待、曲尽恭谨之能事的情景,一想到那种高楼大厦、扈从如云的盛况,我那种上不得台盘的老毛病又发作了,我感到厌恶,感到腻味,感到不能忍受。眼不见为净,还是老老实实地待在家里为好。

最近几年来,乔木的怀旧之情好像愈加浓烈。他曾几次对我说,老朋友见一面少一面了!我真是有点儿惊讶。我比他长一岁,还没有这样的想法哩。但是,我似乎能理解他的心情。有一天,他来北大参加一个什么展览会。散会后,我特意陪他到燕南园去看清华老同学林庚。从那里打电话给吴组缃,电话总是没有人接。乔木告诉我,在清华时,他俩曾共同参加了一个地下革命组织,很想见组缃一面,竟不能如愿,言下极为怏怏。我心里想:这次不行,下次再见嘛。焉知下次竟没有出现。乔木同组缃终于没能见上一面,就离开了人间。这也可以说是抱恨终天吧。难道当时乔木已经有了什么预感吗?

他最后一次到我家来,是老伴谷羽同志陪他来的。我的儿子也来了。后来谷羽和我的儿子到楼外同秘书和司机去闲聊。屋里只剩下了我同乔木两人。我一下回忆起几年前在中南海的会面。同一会面,环境迥异。那一次是在极为高大宽敞、富丽堂皇的大厅里,这一次却是在低矮窄小、又脏又乱的书堆中,乔木仍然用他那缓慢低沉的声调说着话。我感谢他签名送给我的诗集和文集。他赞扬我在学术研究中取得的成就,用了几个比较夸张的词儿。我顿时感到惶恐,觳觫不安。我说:"你取得的成就比我大得多而又多呀!"对此,他没有多说什么话,只是轻微地叹了一口气,慢声细语地说:"那是另外一码事儿。"我不好再说什么了。谈话时间不短了,话好像还没有说完。他终于起身告辞。我目送他的车转过小湖,才慢慢回家,我哪里会想到,这竟是乔木最后一次到我家里来呢?

大概是在前年,我忽然听说,乔木患了不治之症。我大吃一惊,仿佛当头挨了一棍。斯人也,而有斯疾也。难道天道真就是这个样子吗?我没有别的办法,只能寄希望于万一。这一次,我真想破例,主动到他家去看望他。但是,儿子告诉我，乔木无论如何也不让我去看他。我只好服从他的安排。要说心里不惦念他，那是根本不可能的。六十多年的老友，世界上没有几个了。

时间也就这样过去。去年八九月间，他委托他的老伴告诉我的儿子，要我到医院里去看他。我十分了解他的心情：这是要同我最后诀别了。我怀着沉重的心情，同儿子到了他住的医院里。病房同中南海他的住房同样宽敞高大，但我的心情却无论如何也不能同那一次进中南海相比，我这一次是来同老友诀别的。乔木仰面躺在病床上，嘴里吸着氧气。床旁还有一些点滴用的器械。他看到我来了，显得有点儿激动，抓住我的手，久久不松开。看来他知道，这是最后一次握老友的手了。但是，他神态是安详的，神志是清明的，一点儿没有痛苦的表情。他仍然同平常一样慢声慢气地说着话。他曾在《人物》杂志上读过我那《留德十年》的一些篇章。不知道为什么他现在又忽然想了起来，连声说："写得好！写得好！"我此时此刻百感交集。我答应他全书出版后，一定送他一本。我明知道这只不过是空洞的谎言。这种空洞萦绕在我耳旁，使我自己都毛骨悚然。然而我不说这个又能说些什么呢？

这是我同乔木最后一次见面。过了不久，他就离开了人间。按照中国古代一些知识分子的做法，《留德十年》出版以后，我应当到他的坟上焚烧一本，算是送给他那在天之灵。然而，遵照乔木的遗嘱，他的骨灰都已撒到他革命的地方了,连一个骨灰盒都没有留下。他是赤条条来去无牵挂。然而,对我这后死者来说,却是极难排遣的。我面对这一本小书,泪眼模糊,魂断神销。

平心而论,乔木虽然表面上很严肃,不苟言笑,但他实则是一个正直的人,一个正派的人,一个感情异常丰富的人,一个脱离了低级趣味的人。六十年的宦海风波,他不能无所感受,但是他对我半点儿也没有流露过。他大概知道,我根本不是此道中人,说了也是白说。在他生前,内地和香港都有一些人把他封为"左"王,另外一位同志同他并列,被称为"左"后。我觉得,乔木是冤枉的。他哪里是那种有意害人的人呢?

我同乔木相交六十年。在他生前,对他我有意回避,很少主动同他接近。这是我的生性使然,无法改变。他逝世后这一年多以来,不知道是为什么,我倒常常想到他。我像老牛反刍一样,回味我们六十年交往的过程,顿生知己之感。这是我以前从来没有感到过的。现在我越来越觉得,乔木是了解我的。有知己之感是件好事,然而它却加浓了我的怀念和悲哀。这就难说是好是坏了。

随着自己的年龄的增长,我现在越来越觉得,在人世间,后死者的处境是并不美妙的,年岁越大,先他而走的亲友越多,怀念与悲思在他心中的积淀也就越来越厚,厚到令人难以承担的程度。何况我又是一个感情常常超过需要的人,我心里这一份负担就显得更重。乔木的死,无疑又在我的心灵中增加了一份极为沉重的负担。我有没有办法摆脱这一份负担呢？我自己说不出。我怅望窗外皑皑白雪，我想得很远，很远。

1993 年 11 月 28 日凌晨

悼念
赵朴老

朴老涅槃,我心实悲。我曾在什么地方看过一幅壁画,画的是如来佛涅槃时的情景。如来佛右肋在下侧卧在那里,身旁围了一大群弟子,大多数是痛哭流涕,悲哀难抑。独有一位弟子站在那里,凝然无动于衷。他大概是已经参透了人生奥秘,领悟了无常是生命的正道。他也许正是这一幅壁画的核心人物,他是众僧的榜样,他是众生的楷模。我个人是一个凡夫俗子,远远没能参透人生的奥秘,我宁愿归属痛哭的众僧之列。

提到赵朴老,我真是早已久仰久仰了。他是著名的身体力行的佛教居士,中国佛协的领导,造诣高深的佛学理论家;他又是蜚声书坛的书法家;他还是有悠久革命经历的国务活动家。赵朴老真正是口碑载道,誉满中外,成为人们景仰的对象。

可就是这样一位名人,一位大人物,却丝毫没有名人的架子,大人物的派头。同他一接触,就会被他那慈祥的笑容所感动,使人如坐春风,如沐春雨,感到无比的温暖和幸福。我个人同朴老接触不多,但是,每会面一次,上述的感觉就增强一次。

我同朴老相处最长的一次是在1986年。当时,班禅大师奉中央命赴尼泊尔公干,中央派了一架专机,陪同的人很多,赵朴老和夫人陈邦织女士也在其中。我作为全国人大常委会委员敬陪末座。我们坐在飞机最前面的特别包厢里,中间一张小桌,两边各坐二人,朴老和班禅一边,我和陈邦织女士一边。飞机飞临珠穆朗玛峰上空,接到尼泊尔加德满都的电话,说那里晨雾未消,不能降落,请飞机放慢速度。我们刚登上飞机时,飞机起飞,要系好安全带。但是,班禅大师的安全带两端碰不拢,他笑着说:"你看我这肚子!"过了不久,加德满都方面来了电话说飞机可以降落了。我诚敬地对班禅大师说:"这是托大师的洪福!"他笑着说:"我跟你一样!"可见班禅大师是一位多么平易近人的活佛。

我送给了朴老一本刚出版的《原始佛教语言问题》,请求指正。朴老还没有来得及看,但是,陈邦织女士却一路手不停披,等到飞机在加德满都机场着陆时,看样子,她已经把全书看得差不多了。我心里暗暗钦佩邦织女士读书之勤。由此可以推断,她大概是同朴老一样学富五车的。

在加德满都,我同朴老夫妇和秘书一起被安排住在全城最高级的大概是五星级的一家大饭店里。饭店里有中西许多国家的餐厅。我同人大常委会几位同志经常吃一顿饭换一个餐厅,遍尝了许多国家的名菜,可谓大快朵颐了。朴老是虔诚的佛教信徒,坚持素食,几十年如一日。他们不同我们一起吃饭，但因同住一层楼，房间相距不远，所以不乏见面的机会。有一天，朴老夫妇忽然来敲我的房门，邦织女士手持一幅朴老刚写好的字送给我。这真是喜从天降，我哪里会想到在异乡做客时竟能获得朴老的墨宝呢？我双手去捧接，心潮腾涌，视墨宝如拱璧，心想家中又得到了一件传家宝，我这个人和我们全家都有福了。

加德满都是一个很奇特有趣的地方，位于一个大山谷中。神话传说，此地原来处于深水中，谷口有巨石挡住，水流不出去。后来文殊菩萨手挥巨剑把巨石劈开，水流了出去，就形成了现在的加德满都。所以尼泊尔人尊文殊为保护神。在中国，文殊菩萨的圣地是五台山，因此尼泊尔朋友也视五台山为圣山，到了中国，多往朝拜。这也可以算是中尼友谊史上的一段佳话吧。

从尼泊尔回来以后，我还曾多次见到过朴老。在人民大会堂招待星云大师的宴会上，在人民大会堂不同的厅里召开的不同的会议上，在广济寺召开的讨论清代大藏经雕版的会上，我都同他见过面。虽然说话不多，但是，他那真正体现了佛教基本精神——慈悲为怀——的人格的魅力却在无形中净化了我的灵魂。我缺少慧根，毕生同佛教研究打交道，却不能成为真正的佛教信徒。但是，我对佛教的最基本的教义"万有无常"却异常信服。我认为，这真正抓住了宇宙万有的根本规律，是谁也否定不掉的。

我在上面曾说到，朴老已经参透了人生的奥秘。他在遗嘱中用诗歌表达了他的生死观：

> 生固欣然，死亦无憾。
> 花落还开，水流不断。
> 我兮何有，谁欤安息，
> 明月清风，不劳寻觅。

谁读了这首诗不会受到真挚的感动呢？我是一个俗人，虽然也向往这种境界，但是却徒劳无功。我达不到如来涅槃壁画上那一位凝然无动于衷的法师的水平，我只能像一般俗人一样悲痛不已。

2000 年 11 月 6 日